JOSÉ DE ALENCAR

Iracema
LENDA DO CEARÁ

Orientação pedagógica e notas de leitura:
Douglas Tufano

MODERNA

COORDENAÇÃO EDITORIAL	Maristela Petrili de Almeida Leite
EDIÇÃO DE TEXTO	Janette Tavano
COORDENAÇÃO DE EDIÇÃO DE ARTE	Camila Fiorenza
CAPA	Bruna Assis Brasil
FOTOS UTILIZADAS NA MONTAGEM DA CAPA	Indígena na Tribo Barasano - Aldeia Rouxinol, 09/2014 © Fabio Colombini © Bettmann/ Corbis/ Latinstock
DIAGRAMAÇÃO	Isabela Jordani, Cristina Uetake
COORDENAÇÃO DE REVISÃO	Elaine Cristina del Nero
REVISÃO	Nair Hitomi Kayo
COORDENAÇÃO DE PESQUISA ICONOGRÁFICA	Luciano Baneza Gabarron
PESQUISA ICONOGRÁFICA	Mariana Veloso Lima, Yan Imagens
COORDENAÇÃO DE *BUREAU*	Américo Jesus
TRATAMENTO DE IMAGENS	Bureau São Paulo, Marina M. Buzzinaro.
PRÉ-IMPRESSÃO	Vitória Sousa
COORDENAÇÃO DE PRODUÇÃO INDUSTRIAL	Wilson Aparecido Troque
IMPRESSÃO E ACABAMENTO	Gráfica Printi
LOTE	802258
CÓD	12096939

Dados Internacionais de Catalogação na Publicação (CIP)
(Câmara Brasileira do Livro, SP, Brasil)

Alencar, José de, 1829-1877.
Iracema : lenda do Ceará / José de Alencar ; orientação pedagógica e notas de leitura Douglas Tufano. — 5. ed. — São Paulo : Moderna, 2015. — (Coleção travessias)

ISBN 978-85-16-09693-9

1. Romance brasileiro I. Tufano, Douglas, II. Título. III. Série.

15-00650 CDD-869.93

Índices para catálogo sistemático:

1. Romances : Literatura brasileira 869.93

EDITORA MODERNA LTDA.
Rua Padre Adelino, 758 - Belenzinho
São Paulo - SP - Brasil - CEP 03303-904
Vendas e Atendimento: Tel. (11) 2790-1300
www.modernaliteratura.com.br
2025

SUMÁRIO

LIVROS ANTIGOS PARA UM PÚBLICO JOVEM

Para o público de hoje, a leitura de um romance do século XIX pode parecer uma tarefa pouco prazerosa. Além da dificuldade para compreender o sentido de muitas palavras e expressões de épocas passadas, da estranheza de certas construções sintáticas pouco usuais atualmente, há nessas obras uma sensibilidade artística bem diferente da nossa, valores morais que privilegiam outros comportamentos. Mas não será possível ao leitor contemporâneo entender essas obras e até mesmo extrair delas o prazer da leitura?

A Editora Moderna apostou no "sim" e investiu numa edição diferenciada dos clássicos. A exemplo do que já é feito em outros países, em que uma mesma obra é editada com diferentes níveis de informação, os clássicos da coleção Travessias apresentam um minucioso trabalho de comentários à margem do texto integral.

O leitor iniciante tem muito a ganhar com essa leitura sinalizada, em que informações históricas, notas explicativas de vocabulário e características literárias da obra em questão são apresentadas de forma concisa e acessível pelo professor Douglas Tufano, reconhecido autor de livros didáticos na área de língua portuguesa e literatura.

A nossa intenção principal é aproximar passado e presente, levando o leitor a descobrir nos enredos dos livros antigos as mesmas emoções humanas que nos empolgam hoje.

JOSÉ DE ALENCAR: VIDA E OBRA

O mais enfezadinho da turma

José Martiniano de Alencar nasceu em Messejana[1], no Ceará, no dia 1º de maio de 1829. Desde seus anos de escola caracterizou-se por seu gênio "enfezado", como ele mesmo reconheceu, e que marcou sua atuação política durante o reinado de D. Pedro II. Sim, porque Alencar foi um homem múltiplo: advogado, jornalista, deputado, ministro da justiça, escritor.

Passou a infância num ambiente político, pois seu pai, que também se chamava José Martiniano de Alencar, foi senador e presidente da Província do Ceará. Tinha sido padre, mas abandonara a vida religiosa para se casar com a prima Ana Josefina. Ela cuidava da família e preparava a casa para as frequentes reuniões políticas que seu marido organizava.

1 Messejana: grafia atual da cidade onde nasceu José de Alencar e na qual há uma famosa estátua de Iracema (antigamente se escrevia Mecejana).

A CASA ONDE JOSÉ DE ALENCAR NASCEU É HOJE UM CENTRO CULTURAL EM MESSEJANA.

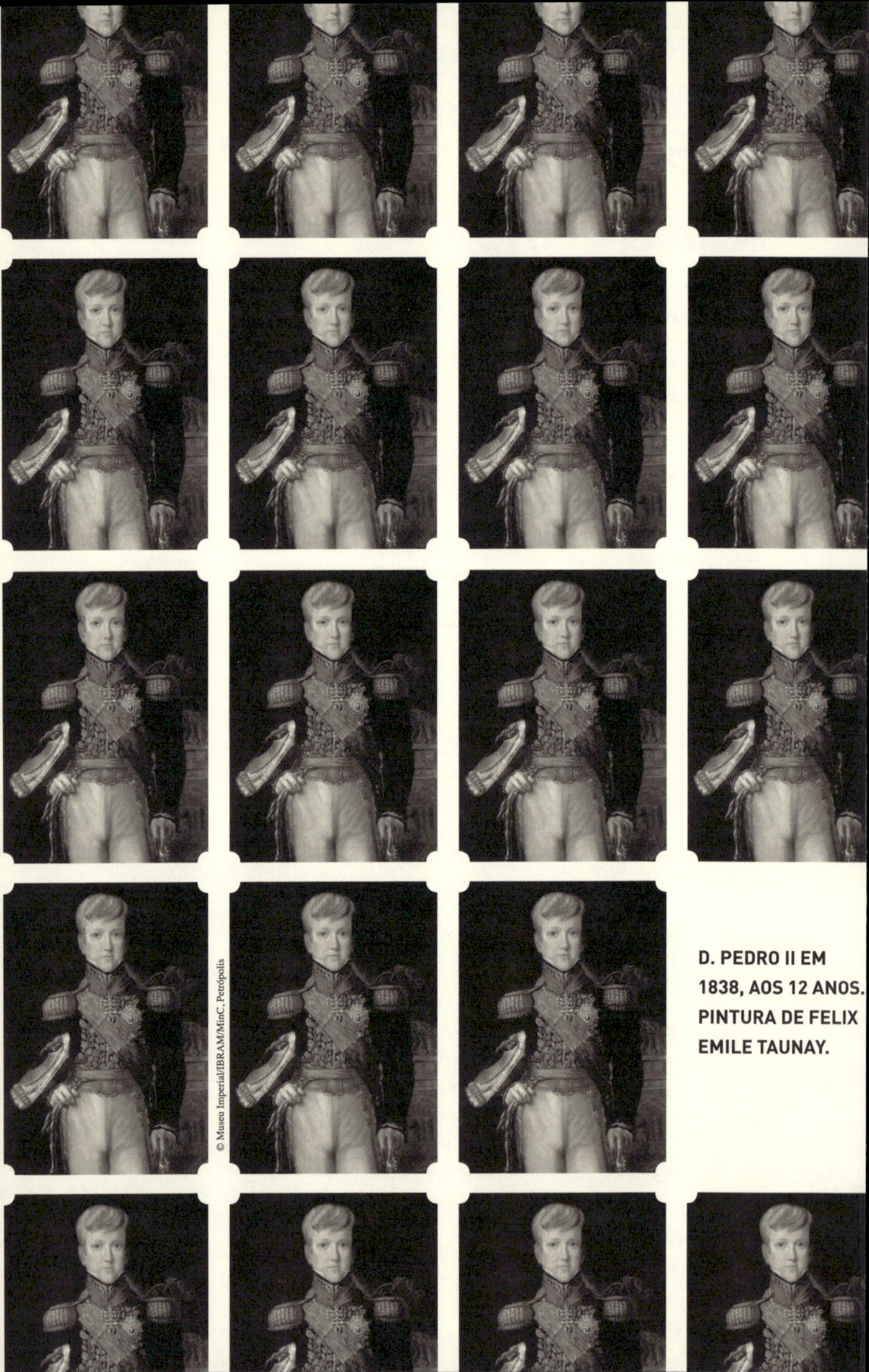

D. PEDRO II EM 1838, AOS 12 ANOS. PINTURA DE FELIX EMILE TAUNAY.

Política com chocolate e bolinhos

Algumas dessas reuniões políticas eram secretas, como aquelas que envolveram o movimento que levaria à declaração de maioridade do jovem imperador D. Pedro II de 15 anos para que ele assumisse o poder, o que ocorreu em 18 de julho de 1841. O garoto José de Alencar tinha então 12 anos.

Relembrando esse tempo de reuniões, escreveu ele muitos anos depois, no relato autobiográfico *Como e porque sou romancista*:

"Aí nessa casa preparou-se a grande revolução parlamentar que entregou ao Sr. D. Pedro II o exercício antecipado de suas prerrogativas constitucionais. [...]

Uma noite por semana, entravam misteriosamente em nossa casa os altos personagens filiados ao *Clube Maiorista,* de que era presidente o Conselheiro Antônio Carlos e secretário o Senador Alencar.

Celebravam-se os serões em um aposento do fundo, fechando-se nessas ocasiões a casa às visitas habituais, a fim de que nem elas nem os curiosos da rua suspeitassem do plano político, vendo iluminada a sala da frente.

Enquanto deliberavam os membros do Clube, minha boa mãe assistia ao preparo do chocolate com bolinhos, que era costume oferecer aos convidados por volta das nove horas, e eu, ao lado com impertinências de filho querido, insistia por saber o que ali ia fazer aquela gente.

Conforme o humor em que estava, minha boa mãe às vezes divertia-se logrando com histórias a minha curiosidade infantil; outras deixava-me falar às paredes e não se distraía de suas ocupações de dona de casa.

Até que chegava a hora do chocolate. Vendo partir carregada de tantas guloseimas a bandeja que voltava completamente destroçada, eu, que tinha os convidados na conta de cidadãos respeitáveis, preocupados dos mais graves assuntos, indignava-me ante aquela devastação, e dizia com a mais profunda convicção:

— O que estes homens vêm fazer aqui é regalarem-se de chocolate".

O pequeno leitor da família

No século XIX, em muitas famílias, havia o hábito da leitura em voz alta de folhetins, que eram histórias sentimentais publicadas em capítulos pelos jornais. Eram geralmente grupos de mulheres, em que uma delas lia e as outras ouviam enquanto se entretinham com pequenos serviços domésticos, geralmente de costura. Na casa de José de Alencar havia uma pequena biblioteca, com vários romances da época e, como ele sabia ler muito bem em voz alta, apesar de ser ainda criança, logo se tornou o leitor oficial da família.

JOSÉ DE ALENCAR (1829-1877).

Para termos uma ideia de como eram esses serões familiares e como as histórias românticas envolviam os leitores, vejamos este depoimento de Alencar, extraído também do citado relato *Como e porque sou romancista*:

"Não havendo visitas de cerimônia, sentava-se minha boa mãe e sua irmã Dona Florinda com os amigos que apareciam, ao redor de uma mesa redonda de jacarandá, no centro da qual havia um candeeiro.

Minha mãe e minha tia se ocupavam com trabalhos de costuras, e as amigas para não ficarem ociosas as ajudavam. Dados os primeiros momentos à conversação, passava-se à leitura e era eu chamado ao lugar de honra.

Muitas vezes, confesso, essa honra me arrancava bem a contragosto de um sono começado ou de um folguedo querido; já naquela idade a reputação é um fardo e bem pesado.

Lia-se até a hora do chá, e tópicos havia tão interessantes que eu era obrigado à repetição. Compensavam esse excesso as pausas para dar lugar às expansões do auditório, o qual desfazia-se em recriminações contra algum mau personagem ou acompanhava de seus votos e simpatias o herói perseguido.

Uma noite, daquelas em que eu estava mais possuído do livro, lia com expressão uma das páginas mais comoventes da nossa biblioteca. As senhoras, de cabeça baixa, levavam o lenço ao rosto, e poucos momentos depois não puderam conter os soluços que rompiam-lhes o seio.

Com a voz afogada pela comoção e a vista empanada pelas lágrimas, eu também, cerrando ao peito o livro aberto, disparei em pranto, e respondia com palavras de consolo às lamentações de minha mãe e suas amigas.

Nesse instante assomava à porta um parente nosso, o Reverendo P. Carlos Peixoto de Alencar, já assustado com o choro que ouvira ao entrar.

Vendo-nos a todos naquele estado de aflição, ainda mais perturbou-se:

— Que aconteceu? Alguma desgraça? perguntou arrebatadamente. As senhoras, escondendo o rosto no lenço para ocultar do P. Carlos o pranto, e evitar os seus remoques, não proferiram palavra. Tomei eu a mim responder:

— Foi o pai de Amanda que morreu! disse mostrando-lhe o livro aberto. Compreendeu o P. Carlos e soltou uma gargalhada, como ele as sabia dar, verdadeira gargalhada homérica, que mais parecia uma salva de sinos a repicarem do que riso humano".

O depoimento que acabamos de ler nos mostra algumas características importantes do Romantismo e a maneira como esse movimento circulou na sociedade brasileira.

Observe que a leitura ocorre num ambiente doméstico, em meio a afazeres caseiros tipicamente femininos, e é feita em voz alta: uma pessoa lê e as outras escutam. É bom lembrar que, nessa época, o número de letrados no Brasil era muito pequeno, não sendo estranho, portanto, o fato de haver mais ouvintes do que leitores.

Os textos românticos apresentam frequentemente características da linguagem oral, em que predomina o tom declamatório. O apelo ao sentimentalismo é um dos traços marcantes dos escritores dessa época, que procuravam envolver emocionalmente o leitor. E o público visado por essa literatura era composto sobretudo por mulheres e jovens, pois a leitura de histórias ou poesias românticas não era considerada ocupação de gente séria...

Tempos de faculdade e a chegada da terrível moléstia

Em 1846, com 17 anos, Alencar matricula-se na Faculdade de Direito de São Paulo, que tinha sido criada em 1827. Ali, participa ativamente da vida acadêmica e funda, com alguns colegas, a revista *Ensaios Literários*.

Além da literatura, interessa-se por história e filosofia. Em 1848, transfere-se para a Faculdade de Direito de Olinda, em Pernambuco, que também tinha sido fundada em 1827. Começa a ensaiar seus primeiros passos na literatura, escrevendo um romance chamado *Os contrabandistas*, que, segundo conta, acabou destruído por um colega de quarto que costumava acender seu charuto nas folhas do manuscrito...

FOTO ANTIGA DA FACULDADE DE DIREITO DE SÃO PAULO, CONHECIDA HOJE COMO FACULDADE DE DIREITO DO LARGO DE SÃO FRANCISCO.

Durante esses anos todos, Alencar lê muito, principalmente os escritores franceses, como Alexandre Dumas, Balzac, Eugène Sue, entre outros, e também alguns ingleses como Walter Scott.

No fim desse ano, começam a aparecer os primeiros sintomas da tuberculose, doença temível naquela época de poucos recursos médicos e que seria a causa da morte do escritor, anos mais tarde.

Alencar volta para a Faculdade de Direito de São Paulo, onde faz o quarto ano, formando-se assim em 1850. No ano seguinte, instala-se no Rio de Janeiro e inicia sua carreira de advogado. Mas o gosto pela literatura e pela escrita o levaria a outros caminhos.

Jornalista, escritor, político

Em 1854, com 25 anos, Alencar ingressa na atividade jornalística, começando a trabalhar no *Correio Mercantil*, escrevendo uma seção diária, chamada *Ao correr da pena*, sobre os mais diferentes assuntos da atualidade — temas políticos, eventos sociais e culturais, passando a ser uma espécie de cronista da cidade. Entusiasma-se com essa atividade e, no ano seguinte, é gerente e redator-chefe de outro jornal, o *Diário do Rio de Janeiro*.

É nesse periódico que começa a publicar seus folhetins. Seu romance inicial — *Cinco minutos* — surge primeiro em capítulos nas páginas do jornal e só depois é lançado em livro, que foi dado como brinde aos assinantes.

Em 1857, lança o romance *O guarani*, seu primeiro grande sucesso, que marcará seu nome como um dos mais importantes do Romantismo e dará impulso definitivo à sua carreira literária. Os capítulos desse livro, publicado inicialmente como folhetim, eram ansiosamente aguardados pelos leitores, que seguiam as aventuras emocionantes do índio Peri e da família de colonizadores da bela e gentil Cecília, a famosa Ceci. O escritor Taunay, que era bem jovem nessa época, relembra o entusiasmo do público em seu livro de memórias chamado *Reminiscências*:

"O Rio de Janeiro em peso, para assim dizer, lia *O guarani* e seguia comovido e enlevado os amores tão puros e discretos de Ceci e Peri e com estremecida simpatia acompanhava, no meio de perigos e ardis dos bugres selvagens, a sorte vária e periclitante dos principais personagens do cativante romance [...].

Quando a São Paulo chegava o correio, com muitos dias de intervalo, então reuniam-se muitos estudantes numa república em que houvesse qualquer feliz assinante do *Diário do Rio* para ouvir absortos e sacudidos de vez em quando por elétrico frêmito, a leitura feita em voz alta por algum deles, que tivesse órgão mais forte. E o jornal era depois disputado com impaciência e, pelas ruas, se viam agrupamentos em torno dos fumegantes lampiões da iluminação pública de outrora — ainda ouvintes a cercarem, ávidos de qualquer improvisado leitor."

Em 1861, Alencar lança-se também na vida política, tendo sido eleito deputado pelo Partido Conservador. Em 1868, chega a Ministro da Justiça, cargo que ocupará por dois anos. Quase ao mesmo tempo, entravam em sua vida suas duas grandes paixões: a política e a literatura. E é nesta última que ele encontrará, muitas vezes, alívio e compensação das desilusões causadas pela primeira.

A atração pelo teatro

O teatro brasileiro como atividade artística regular nasceu no Romantismo. Sabemos que o desenvolvimento da atividade teatral está relacionado ao desenvolvimento do ambiente social. O teatro vive do público, e a presença constante deste estimula a produção de espetáculos e possibilita a profissionalização dos atores. Só no século XIX criaram-se condições para o exercício regular da arte teatral no Brasil, com a construção de teatros, a vinda de companhias estrangeiras e a formação de companhias nacionais. Com o tempo, estabeleceu-se um público apreciador de obras teatrais, surgiram autores e críticos de teatro.

A influência dos hábitos culturais da Corte portuguesa, transferida para o Rio de Janeiro em 1808, foi fundamental para a valorização do teatro na sociedade carioca do começo do século XIX. Companhias portuguesas de teatro e ópera passaram a visitar o Rio de Janeiro periodicamente, difundindo o gosto por esse tipo de atividade artística e criando condições para que, na década de 1830, surgisse um movimento em prol da criação de um teatro brasileiro, em consonância com o clima nacionalista da época. Esse movimento teve no ator e empresário João Caetano (1808-1863) sua figura mais importante. Ele fundou, em 1833, a Companhia Dramática Nacional e, no ano seguinte, deu a seu teatro o nome de Teatro Nacional.

José de Alencar compartilhava desse entusiasmo pelo desenvolvimento da nossa arte teatral. Escreveu ele: "Nós todos, jornalistas, estamos obrigados a nos unir e a criar o teatro nacional, criar pelo exemplo, pela lição, pela propaganda".

Alencar não via o teatro, porém, apenas como uma forma de entretenimento ou distração. Para ele, o teatro deveria ser também um meio de educação da sociedade. Por isso, criticava as obras que apelavam para o riso fácil, debochado. Ele escreveu algumas peças teatrais, mas nem sempre suas intenções de modernizar a ação teatral ou de levar o público a refletir sobre as questões sociais representadas tiveram sucesso. De qualquer maneira, fez um esforço sincero para contribuir para a consolidação da arte teatral num Brasil

NA FACHADA ATUAL DO TEATRO, DESTAQUE PARA A ESTÁTUA DO ATOR JOÃO CAETANO.

JOÃO CAETANO, FAMOSO ATOR BRASILEIRO DO SÉCULO XIX.

O TEATRO JOÃO CAETANO, NO RIO DE JANEIRO, É O MAIS ANTIGO DO BRASIL. NESSE LOCAL FOI CONSTRUÍDO, EM 1813, O REAL TEATRO DE SÃO JOÃO, EM HOMENAGEM AO PRÍNCIPE REGENTE, D. JOÃO VI. SOFREU VÁRIAS REFORMAS AO LONGO DO TEMPO E HOJE LEVA O NOME DO GRANDE ATOR DO SÉCULO XIX, QUE TAMBÉM FOI UM DE SEUS PROPRIETÁRIOS.

que ainda engatinhava nesse aspecto. Escreveu: "Sou o primeiro a reconhecer que minha obra tem grandes defeitos; mas também estou convencido que mais tarde hão de reconhecer que ela tem alguma coisa de bom."

A literatura romântica no Brasil

A vida de José de Alencar transcorreu praticamente durante todo o período literário conhecido por Romantismo. Podemos dizer que foi quando se consolidou a vida literária brasileira: criaram-se o romance e o teatro nacionais, a poesia enriqueceu-se e formou-se um razoável público leitor, que passou a estimular cada vez mais a produção literária.

Em termos didáticos, o ano de 1836 marca o início do Romantismo brasileiro, com a publicação do livro de poesias *Suspiros poéticos e saudades*, de Gonçalves de Magalhães. E 1881 marca o fim desse movimento, quando se publicam dois romances realistas: *O mulato*, de Aluísio Azevedo, e *Memórias póstumas de Brás Cubas*, de Machado de Assis. Mas, nessa data, já fazia quatro anos que Alencar tinha falecido.

O nacionalismo romântico e a situação política

Envolvidos pelo entusiasmo nacionalista gerado pela proclamação da independência em 1822, os escritores românticos engajaram-se também no projeto de criação de uma literatura autenticamente nacional.

Esse esforço de "brasilidade", como afirmou o crítico Antonio Candido, revelou-se na escolha de temas ligados à nossa realidade social e histórica e na própria linguagem usada pelos escritores, que abandonaram aos poucos o tom lusitano em favor de um estilo mais próximo da fala brasileira. Isso provocou uma forte reação dos tradicionalistas, que achavam que nossos escritores deveriam continuar fiéis à linguagem literária praticada em Portugal. Tal espírito nacionalista foi uma contribuição importante do Romantismo, tendo sido retomado, no século XX, por muitos escritores modernistas.

Alencar destaca-se também por ter defendido um estilo "brasileiro" na língua literária. Reivindicando o direito dos brasileiros a uma língua e literatura com fisionomia própria, porque isso era uma inevitável consequência do nosso desenvolvimento como nação independente, Alencar protestou contra os puristas, que achavam que nossos escritores deveriam escrever tal como se fazia em Portugal: "É essa submissão que eu não tolero; e, como já disse uma vez, quebraria a pena antes, do que aceitar semelhante expatriação literária. Admiremos Portugal nas tradições grandiosas de seu passado; nos esforços generosos de seu renascimento; prezemos sua literatura e seus costumes; porém, nunca imitá-lo servilmente. Importaria anular a nossa individualidade".

A luta pela vida chega ao fim

Em 1876, já casado e com seis filhos, seu estado de saúde piora. A tuberculose que o acometera quando jovem e nunca o abandonara de fato, agrava-se. Vende seus bens, junta dinheiro e embarca, em março de 1876, com a família para a

MARIO DE ALENCAR, FILHO DE JOSÉ DE ALENCAR, TAMBÉM ESCRITOR, JORNALISTA, POETA E ADVOGADO.

Europa para tratamento da saúde. Passa por Londres, Paris, Lisboa. Mas tudo em vão. Retorna ao Brasil em novembro, bem antes do que imaginara. A viagem fora uma decepção, praticamente inútil. Tinha gasto tempo, energia e dinheiro.

No ano seguinte, ainda encontra forças para escrever e participar da vida política. Mas a doença é implacável e, no final do ano, seu estado piora, até que vem a falecer no dia 12 de dezembro, aos 48 anos de idade.

Machado de Assis assim recordou o choque que teve ao ver o corpo do amigo: "Jamais me esqueceu a impressão que recebi quando dei com o cadáver de Alencar [...]. O homem estava ligado aos anos das minhas estreias. Tinha-lhe afeto, conhecia-o desde o tempo em que ele ria, não me podia acostumar à ideia de que a trivialidade da morte houvesse desfeito esse artista fadado para distribuir a vida".

O maior escritor do Romantismo

José de Alencar é considerado o maior prosador do nosso Romantismo. Sua vasta obra abrange todos as linhas temáticas desenvolvidas nesse período. Escreveu romance indianista (*Iracema*, *Ubirajara*), regionalista (*O tronco do ipê*, *O gaúcho*, *Til*, *O sertanejo*), histórico (*O guarani*, *As minas de prata*, *Guerra dos mascates*), social e urbano (*Cinco minutos*, *A viuvinha*, *Lucíola*, *Diva*, *A pata da gazela*, *Sonhos d'ouro*, *Senhora*, *Encarnação*).

Para o teatro, escreveu O *crédito*, *Demônio familiar*, *Mãe*, *Verso e reverso*, *As asas de um anjo*.

Deixou ainda muitas crônicas, artigos e dois relatos autobiográficos: *Como e porque sou romancista*; *Como e porque sou dramaturgo*.

ESTÁTUA DE JOSÉ DE ALENCAR LOCALIZADA EM PRAÇA HOMÔNIMA, NO RIO DE JANEIRO.

À TERRA NATAL
um filho ausente

PRÓLOGO DA 1ª EDIÇÃO

*Meu amigo.**

Este livro o vai naturalmente encontrar em seu pitoresco sítio da várzea, no doce lar, a que povoa a numerosa prole, alegria e esperança do casal.

Imagino que é a hora mais ardente da sesta.

*O sol a pino dardeja raios de fogo sobre as areias natais; as aves emudecem; as plantas languem. A natureza sofre a influência da poderosa irradiação tropical, que produz o diamante e o gênio, as duas mais brilhantes expansões do poder criador.***

Os meninos brincam na sombra do **outão**, *com pequenos ossos de* **reses**, *que* **figuram** *a boiada. Era assim que eu brincava, há quantos anos, em outro sítio, não mui distante do seu. A dona da casa, terna e incansável, manda abrir o coco verde, ou prepara o saboroso creme do buriti para refrigerar o esposo, que pouco há recolheu de sua excursão pelo sítio, e agora repousa embalando-se na macia e cômoda rede.*

Abra então este livrinho, que lhe chega da **corte** *imprevisto. Percorra suas páginas para desenfastiar o espírito das coisas graves que o trazem ocupado.*

*Talvez me desvaneça amor do ninho***, ou se iludam as reminiscências da infância avivadas recentemente. Se não, creio que, ao abrir o pequeno volume, sentirá uma onda do mesmo aroma silvestre e bravio que lhe vem da várzea. Derrama-o a brisa que perpassou nos* **espatos** *da carnaúba e na ramagem das aroeiras em flor.*

*Essa onda é a inspiração da pátria**** que volve a ela, agora e sempre, como volve de contínuo o olhar do infante para o materno semblante que lhe sorri.*

O livro é cearense. Foi imaginado aí, na limpidez desse céu de cristalino azul, e depois vazado no coração cheio das recordações vivaces de uma imaginação virgem.

*** O autor dirige-se a Domingos José Nogueira Jaguaribe, o Visconde de Jaguaribe (1820-1890). É a ele também que o autor se dirige na Carta, reproduzida depois do romance (p. 102).**

**** Alencar elogia a influência do calor tropical sobre os elementos (diamante) e a inteligência dos homens.**

Outão: variante de "oitão", parede lateral da casa.

Reses: bois, vacas.

Figuram: representam.

Corte: ele se refere ao Rio de Janeiro, capital do país, sede da corte de D. Pedro II.

***** O autor receia ter supervalorizado as belezas da terra natal.**

Espatos: folhas que sustentam e protegem uma inflorescência.

****** No contexto, a terra natal, o Ceará, é a fonte inspiradora para a obra.**

Escrevi-o para ser lido lá, na varanda da casa rústica ou na fresca sombra do pomar, ao doce embalo da rede, entre os múrmuros do vento que crepita na areia, ou farfalha nas palmas dos coqueiros.

Para lá, pois, que é o berço seu, o envio.

Mas assim mandado por um filho ausente, para muitos estranho, esquecido talvez dos poucos amigos, e só lembrado pela incessante desafeição, qual sorte será a do livro?

Que lhe falte hospitalidade, não há temer. As auras de nossos campos parecem tão impregnadas dessa virtude primitiva, que nenhuma raça habita aí, que não a inspire com o hálito vital. Receio, sim, que o livro seja recebido como estrangeiro e hóspede na terra dos meus.

Se porém, ao **abordar** *as* **plagas do Mocoripe**, *for acolhido pelo bom cearense, prezado de seus irmãos ainda mais na adversidade do que nos tempos prósperos, estou certo que o filho de minha alma achará na terra de seu pai, a intimidade e conchego da família.*

O nome de outros filhos enobrece nossa província na política e na ciência; entre eles o meu, hoje apagado, quando o trazia brilhantemente aquele que primeiro o criou.

Neste momento mesmo, a espada heroica de muito bravo cearense vai ceifando no campo da batalha ampla **messe de glória**. *Quem não pode ilustrar a terra natal, canta as suas lendas, sem metro, na rude toada de seus antigos filhos.*

Acolha pois esta primeira mostra para oferecê-la a nossos patrícios a quem é dedicada.

Este pedido foi um dos motivos de lhe endereçar o livro; o outro saberá depois que o tenha lido.

Muita coisa me ocorre dizer sobre o assunto, que talvez devera antecipar à leitura da obra, para prevenir a surpresa de alguns e responder às observações ou reparos de outros.

Mas sempre fui avesso aos prólogos; em meu conceito eles fazem à obra, o mesmo que o pássaro à fruta

Abordar: abeirar-se, aproximar-se.

Plagas do Mocoripe: região próxima ao Rio Mocoripe, no Ceará.

Messe de glória: conquista de glórias. Em 1865 o Brasil estava em guerra com o Paraguai e Alencar supõe a bravura dos cearenses nas batalhas.

antes de colhida; roubam as primícias do sabor literário. Por isso me reservo para depois.

Na última página me encontrará de novo; então conversaremos a gosto, em mais liberdade do que teríamos neste pórtico do livro, onde a etiqueta manda receber o público com a gravidade e reverência devida a tão alto senhor.

Rio de Janeiro, maio de 1865.

J. DE ALENCAR

1

Verdes mares bravios de minha terra natal, onde canta a jandaia*[1] nas **frondes** da carnaúba;

Verdes mares, que brilhais como líquida esmeralda aos raios do sol nascente, perlongando as alvas praias ensombradas de coqueiros;

Serenai, verdes mares, e alisai docemente a vaga impetuosa, para que o barco aventureiro manso resvale à flor das águas**.

Onde vai a afoita jangada, que deixa rápida a costa cearense, aberta ao fresco **terral** a grande vela?

Onde vai como branca **alcíone** buscando o rochedo pátrio nas solidões do oceano?

Três entes respiram sobre o frágil lenho que vai singrando **veloce**, mar em fora.

Um jovem guerreiro cuja tez branca **não cora o sangue americano**; uma criança e um **rafeiro** que viram a luz no berço das florestas, e brincam irmãos, filhos ambos da mesma terra selvagem.

A **lufada** intermitente traz da praia um eco vibrante, que ressoa entre o marulho das vagas:

— Iracema[2]!

O moço guerreiro, encostado ao mastro, leva os olhos presos na sombra fugitiva da terra; **a espaços** o olhar empanado por tênue lágrima cai sobre o jirau[3], onde folgam as duas inocentes criaturas, companheiras de seu infortúnio.

Nesse momento o lábio arranca d'alma um **agro** sorriso.

Que deixara ele na terra do exílio?

Uma história que me*** contaram nas lindas várzeas onde nasci, à calada da noite, quando a lua passeava no céu **argenteando** os campos, e a brisa rugitava[4] nos palmares.

Refresca o vento.

*** As notas numeradas ao longo do texto foram escritas pelo próprio José de Alencar. Confira no final do livro (p.108).**

Frondes: ramagens ou ramos de árvore.

**** Observe o ritmo desses primeiros parágrafos, tão semelhantes a versos. Leia na p. 102 a Carta ao Dr. Jaguaribe, em que Alencar explica sua intenção inicial de produzir *Iracema* em forma de poema.**

Terral: vento que sopra da terra para o mar.

Alcíone: ave aquática.

Veloce: o mesmo que veloz.

Não cora o sangue americano: note a sutileza do autor para dizer que o guerreiro é de origem europeia.

Rafeiro: cão que sempre acompanha o dono.

Lufada: rajada de vento.

A espaços: de vez em quando.

Agro: amargo, melancólico.

***** Com os verbos na primeira pessoa, Alencar se coloca como o narrador da história: uma lenda ouvida por ele da tradição oral de sua província natal, o Ceará.**

Argenteando: prateando.

O **rulo das vagas precipita**. O barco salta sobre as ondas e desaparece no horizonte. Abre-se a imensidade dos mares; e a borrasca enverga, como o condor, as foscas asas sobre o abismo.

Deus te leve a salvo, brioso e altivo barco, por entre as vagas revoltas, e **te poje** nalguma enseada amiga. Soprem para ti as brancas auras; e para ti **jaspeie a bonança mares de leite**.

Enquanto **vogas** assim **à discrição do vento**, airoso barco, **volva** às brancas areias a saudade, que te acompanha, mas não se parte da terra onde revoa.

2

Além, muito além daquela serra, que ainda azula no horizonte, nasceu Iracema.

Iracema, a virgem dos lábios de mel, que tinha os cabelos mais negros que a asa da graúna[5], e mais longos que seu talhe de palmeira.

O favo da jati[6] não era doce como seu sorriso; nem a baunilha recendia no bosque como seu hálito perfumado.

Mais rápida que a ema selvagem, a morena virgem corria o sertão e as matas do Ipu[7], onde **campeava** sua guerreira tribo, da grande nação tabajara[8]. O pé grácil e nu, mal roçando, alisava apenas a verde pelúcia que vestia a terra com as primeiras águas.

Um dia, ao pino do sol, ela repousava em um claro da floresta. Banhava-lhe o corpo a sombra da oiticica[9], mais fresca do que o orvalho da noite. Os ramos da acácia silvestre esparziam flores sobre os úmidos cabelos. Escondidos na folhagem os pássaros ameigavam o canto.

Iracema saiu do banho: o **aljôfar d'água** ainda **roreja**, como à doce mangaba que corou em manhã de chuva. Enquanto repousa, empluma das penas do

O rulo das vagas precipita: os vagalhões quebram ruidosamente.

Te poje: te faça aportar.

Jaspeie a bonança mares de leite: que o bom tempo (a bonança) te traga um mar calmo, esverdeado (da cor de jaspe).

Vogas: deslizas.

À discrição do vento: ao sabor do vento.

Volva: volte.

Campeava: vivia.

Aljôfar d'água: gotas d'água reluzentes como diamantes.

Roreja: molha (seu corpo).

gará[10] as flechas de seu arco, e **concerta** com o sabiá da mata, pousado no galho próximo, o canto agreste.

A graciosa ará[11], sua companheira e amiga, brinca junto dela. Às vezes sobe aos ramos da árvore e de lá chama a virgem pelo nome; outras remexe o uru[12] de palha matizado, onde traz a selvagem seus perfumes, os alvos fios do crautá[13], as agulhas da juçara[14] com que tece a renda, e as tintas de que matiza o algodão*.

Rumor suspeito quebra a doce harmonia da sesta. Ergue a virgem os olhos, que o sol não deslumbra; sua vista perturba-se.

Diante dela e todo a contemplá-la, está um guerreiro estranho, se é guerreiro e não algum mau espírito da floresta. Tem nas faces o branco das areias que bordam o mar; nos olhos o azul triste das águas profundas. **Ignotas** armas e tecidos ignotos cobrem-lhe o corpo.

Foi rápido, como o olhar, o gesto de Iracema. A flecha embebida no arco partiu. Gotas de sangue borbulham na face do desconhecido**.

De primeiro ímpeto, a mão **lesta** caiu sobre a cruz da espada; mas logo sorriu. O moço guerreiro aprendeu na religião de sua mãe, onde a mulher é símbolo de ternura e amor. Sofreu mais d'alma que da ferida***.

O sentimento que ele pôs nos olhos e no rosto, não o sei eu. Porém a virgem lançou de si o arco e a uiraçaba[15], e correu para o guerreiro, sentida da mágoa que causara.

A mão que rápida ferira, estancou mais rápida e compassiva o sangue que gotejava. Depois Iracema quebrou a flecha[16] homicida: deu a haste ao desconhecido, guardando consigo a ponta farpada.

O guerreiro falou:

— Quebras comigo a flecha da paz?

— Quem te ensinou, guerreiro branco, a linguagem de meus irmãos? Donde vieste a estas matas, que nunca viram outro guerreiro como tu?

— Venho de bem longe, filha das florestas. Venho das terras que teus irmãos já possuíram, e hoje têm os meus.

Concerta: canta junto.

*** Iracema está acompanhada de um periquito, que remexe na cestinha da dona, onde estão fios e espinhos usados em trabalhos manuais.**

Ignotas: desconhecidas, estranhas.

**** Licença poética, pois, entre os índios, a mulher não maneja o arco e a flecha.**

Lesta: rápida.

***** As sensações do guerreiro branco demonstram seu conflito interior: de início, é rápido para se defender; depois, tem um sentimento de nobreza cristão (e cavalheiresco) em relação à mulher.**

— Bem-vindo seja o estrangeiro aos campos dos tabajaras, senhores das aldeias, e à cabana de Araquém, pai de Iracema.

3

O estrangeiro seguiu a virgem através da floresta.

Quando o sol descambava sobre a crista dos montes, e a rola desatava do fundo da mata os primeiros arrulhos eles descobriram no vale a grande taba; e mais longe, pendurada no rochedo, à sombra dos altos juazeiros, a cabana do Pajé.

O ancião fumava à porta, sentado na esteira de carnaúba, meditando os sagrados **ritos** de Tupã. O tênue sopro da brisa **carmeava**, como frocos de algodão, os compridos e raros cabelos brancos. De imóvel que estava, sumia a vida nos olhos **cavos** e nas rugas profundas.

O Pajé **lobrigou** os dois vultos que avançavam; cuidou ver a sombra de uma árvore solitária que vinha alongando-se pelo vale fora.

Quando os viajantes entraram na densa penumbra do bosque, então seu olhar como o do tigre, afeito às trevas, conheceu Iracema e viu que a seguia um jovem guerreiro, de estranha raça e longes terras.

As tribos tabajaras, d'além Ibiapaba[17], falavam de uma nova raça de guerreiros, alvos como flores de borrasca, e vindos de remota plaga às margens do **Mearim**. O ancião pensou que fosse um guerreiro semelhante, aquele que pisava os campos nativos.

Tranquilo, esperou.

A virgem aponta para o estrangeiro e diz:

— Ele veio, pai.

— Veio bem. É Tupã que traz o hóspede à cabana de Araquém.

Ritos: rituais, cerimônias, cultos.

Carmeava: desmanchava.

Cavos: fundos.

Lobrigou: avistou ao longe.

Mearim: rio localizado no Maranhão. Alusão aos portugueses que, vindos de lugares distantes (remotas plagas), chegaram às margens do rio Mearim.

Assim dizendo, o Pajé passou o cachimbo ao estrangeiro; e entraram ambos na cabana.

O mancebo sentou-se na rede principal, suspensa no centro da habitação.

Iracema acendeu o fogo da hospitalidade; e trouxe o que havia de provisões para satisfazer a fome e a sede: trouxe o resto da caça, a farinha-d'água, os frutos silvestres, os favos de mel, o vinho de caju e ananás.

Depois a virgem entrou com a igaçaba[18], que na fonte próxima enchera de água fresca para lavar o rosto e as mãos do estrangeiro.

Quando o guerreiro terminou a refeição, o velho Pajé apagou o cachimbo e falou:

— Vieste[19]?

— Vim — respondeu o desconhecido.

— Bem-vindo sejas. O estrangeiro é senhor na cabana de Araquém. Os tabajaras têm mil guerreiros para defendê-lo, e mulheres sem conta para servi-lo. Diz, e todos te obedecerão.

— Pajé, eu te agradeço o **agasalho** que me deste. Logo que o sol nascer, deixarei tua cabana e teus campos aonde vim perdido; mas não devo deixá-los sem dizer-te quem é o guerreiro, que fizeste amigo.

— **Foi a Tupã que o Pajé serviu**; ele te trouxe, ele te levará. Araquém nada fez pelo seu hóspede; não pergunta donde vem e quando vai. Se queres dormir, desçam sobre ti os sonhos alegres; se queres falar, teu hóspede escuta.

O estrangeiro disse:

— Sou dos guerreiros brancos, que levantaram a taba nas margens do Jaguaribe[20], perto do mar, onde habitam os pitiguaras[21], inimigos de tua nação. Meu nome é Martim[22], que na tua língua quer dizer filho de guerreiro; meu sangue, o do grande povo que primeiro viu as terras de tua pátria. Já meus destroçados companheiros voltaram por mar às margens do Paraíba, de onde vieram; e o chefe, desamparado dos seus, atravessa agora os vastos sertões do Apodi. Só eu de tantos

Agasalho: acolhida.

Foi a Tupã que o Pajé serviu: o estrangeiro era respeitado, como se fosse o próprio deus que estivesse sendo recebido.

fiquei, porque estava entre os pitiguaras de Acaracu[23], na cabana do bravo Poti, irmão de Jacaúna, que plantou comigo a árvore da amizade. **Há três sóis** partimos para a caça; e perdido dos meus, vim aos campos dos tabajaras*.

— Foi algum mau espírito da floresta[24] que cegou o guerreiro branco no escuro da mata — respondeu o ancião.

A cauã piou, além, na extrema do vale. Caía a noite.

4

O Pajé vibrou o maracá e saiu da cabana, porém o estrangeiro não ficou só.

Iracema voltara com as mulheres chamadas para servir o hóspede de Araquém, e os guerreiros vindos para obedecer-lhe.

— Guerreiro branco — disse a virgem —, o prazer embale tua rede durante a noite; e o sol traga luz a teus olhos, alegria à tua alma.

E assim dizendo, Iracema tinha o lábio trêmulo, e úmida a pálpebra.

— Tu me deixas? — perguntou Martim.

— As mais belas mulheres**[25] da grande taba contigo ficam.

— Para elas a filha de Araquém não devia ter conduzido o hóspede à cabana do Pajé.

— Estrangeiro, Iracema não pode ser tua serva. É ela que guarda o segredo da jurema[26] e o mistério do sonho. Sua mão fabrica para o Pajé a bebida de Tupã.

O guerreiro cristão atravessou a cabana e sumiu-se na treva.

A grande taba erguia-se no fundo do vale, iluminada pelos fachos da alegria. Rugia o maracá; ao **quebro** lento do canto selvagem, batia a dança em torno a rude

Há três sóis: isto é, há três dias.

*** O tom solene da fala é intencional, como afirma o próprio Alencar na Carta ao Dr. Jaguaribe (p. 102). Martim explica que vem das terras dos pitiguaras, inimigos do povo de Iracema, os tabajaras. Traduz o seu nome, Martim (de origem latina, derivado de Marte, deus da guerra), por "filho de guerreiro".**

**** A hospitalidade indígena concedia ao hóspede uma noite de amor com belas nativas. Martim deseja Iracema, mas a jovem se recusa, pois deve permanecer virgem para auxiliar o pajé nas cerimônias da tribo. A condição de Iracema é semelhante à das sacerdotisas da Antiguidade.**

Quebro: requebro.

cadência. O Pajé inspirado conduzia o sagrado **tripúdio** e dizia ao povo **crente** os segredos de Tupã.

O maior chefe da nação tabajara, Irapuã[27], descera do alto da serra Ibiapaba, para levar as tribos do sertão contra o inimigo pitiguara. Os guerreiros do vale festejam a vinda do chefe, e o próximo combate.

O mancebo cristão viu longe o clarão da festa; passou além e olhou o céu azul sem nuvens. A estrela morta[28], que então brilhava sobre a cúpula da floresta, guiou seu passo firme para as frescas margens do rio das garças.

Quando ele transmontou o vale e ia penetrar na mata, surgiu o vulto de Iracema. A virgem seguira o estrangeiro como a brisa sutil que resvala sem murmurejar por entre a ramagem*.

— Por que — disse ela — o estrangeiro abandona a cabana hospedeira sem levar o presente da volta? Quem fez mal ao guerreiro branco na terra dos tabajaras?

O cristão sentiu quanto era justa a queixa; e achou-se ingrato.

— Ninguém fez mal ao teu hóspede, filha de Araquém. Era o desejo de ver seus amigos que o afastava dos campos dos tabajaras. Não levava o presente da volta; mas leva em sua alma a lembrança de Iracema.

— Se a lembrança de Iracema estivesse n'alma do estrangeiro, ela não o deixaria partir. O vento não leva a areia da várzea, quando a areia bebe a água da chuva.

A virgem suspirou:

— Guerreiro branco, espera que Caubi volte da caça. O irmão de Iracema tem o ouvido sutil que pressente a boicininga[29] entre os rumores da mata; e o olhar do oitibó[30] que vê melhor nas trevas. Ele te guiará às margens do rio das garças.

— Quanto tempo se passará antes que o irmão de Iracema esteja de volta na cabana de Araquém?

— O sol, que vai nascer, tornará com o guerreiro Caubi aos campos do Ipu.

— Teu hóspede espera, filha de Araquém; mas se o

Tripúdio: dança acompanhada de batida dos pés.

Crente: nesta passagem, refere-se aos membros da tribo, que acreditavam no deus Tupã.

*** A comparação dos passos de Iracema ao vento suave caracteriza a delicadeza da personagem.**

sol tornando não trouxer o irmão de Iracema, ele levará o guerreiro branco à taba dos pitiguaras.

Martim voltou à cabana do Pajé.

A alva rede, que Iracema perfumara com a resina do beijoim, guardava-lhe um sono calmo e doce.

O cristão adormeceu ouvindo suspirar, entre os murmúrios da floresta, o canto mavioso da virgem **indiana**.

5

O galo-da-campina ergue a poupa escarlate fora do ninho. Seu límpido trinado anuncia a aproximação do dia.

Ainda a sombra cobre a terra. Já o povo selvagem colhe as redes na grande taba e caminha para o banho. O velho Pajé que velou toda a noite, falando às estrelas, **conjurando** os maus espíritos das trevas[31], entra furtivamente na cabana.

Eis retroa o boré[32] pela amplidão do vale.

Travam das armas os rápidos guerreiros, e correm ao campo. Quando foram todos na vasta ocara[33] circular, Irapuã, o chefe, soltou o grito de guerra.

— Tupã deu à grande nação tabajara toda esta terra. Nós guardamos as serras, donde manam os córregos, com os frescos ipus onde cresce a **maniva** e o algodão; e abandonamos ao bárbaro potiguara[34], comedor de camarão, as areias nuas do mar, com os secos **tabuleiros** sem água e sem florestas. Agora os pescadores da praia, sempre vencidos, deixam vir pelo mar a raça branca dos guerreiros de fogo, inimigos de Tupã. Já os **emboabas** estiveram no Jaguaribe; logo estarão em nossos campos; e com eles os potiguaras. Faremos nós, senhores das aldeias, como a pomba, que se encolhe em seu ninho, quando a serpente enrosca pelos galhos*?

O irado chefe brande o tacape e o arremessa no meio do campo. **Derrubando** a fronte, cobre o **rúbido** olhar:

Indiana: indígena.

Conjurando: esconjurando, afastando.

Maniva: mandioca.

Tabuleiros: faixa de terra com pouca vegetação.

Emboabas: nome que os indígenas davam aos estrangeiros, particularmente aos portugueses.

*** Irapuã, chefe da aldeia tabajara, temendo um ataque iminente de seus inimigos potiguaras, aliados aos brancos, conclama sua tribo a tomar a ofensiva.**

Derrubando: baixando.

Rúbido: avermelhado.

— Irapuã falou — disse.

O mais moço dos guerreiros avança:

— O gavião paira nos ares. Quando o **nambu** levanta, ele cai das nuvens e rasga as entranhas da vítima. O guerreiro tabajara, filho da serra, é como o gavião.

Troa e retroa a pocema[35] da guerra.

O jovem guerreiro erguera o tacape; e por sua vez o brandiu. Girando no ar, rápida e ameaçadora, a arma do chefe passou de mão em mão.

O velho Andira[36], irmão do Pajé, a deixou tombar, e calcou no chão, com o pé ágil ainda e firme.

Pasma o povo tabajara da ação desusada. Voto de paz em tão provado e impetuoso guerreiro! É o velho herói, que cresceu na **sanha**, crescendo nos anos, é o feroz Andira quem derrubou o tacape, **núncio** da próxima luta?

Incertos todos e mudos escutam:

— Andira, o velho Andira, bebeu mais sangue na guerra do que já beberam cauim nas festas de Tupã, todos quantos guerreiros alumia agora a luz de seus olhos. Ele viu mais combates em sua vida do que luas lhe despiram a fronte. Quanto crânio de potiguara escalpelou sua mão implacável, antes que o tempo lhe arrancasse o primeiro cabelo? E o velho Andira nunca temeu que o inimigo pisasse a terra de seus pais; mas alegrava-se quando ele vinha, e sentia com o faro da guerra a juventude renascer no corpo decrépito, como a árvore seca renasce com o sopro do inverno. A nação tabajara é prudente. Ela deve encostar o tacape da luta para tanger o **membi** da festa. Celebra, Irapuã, a vinda dos emboabas e deixa que cheguem todos aos nossos campos. Então Andira te promete o banquete da vitória*.

Desabriu, enfim, Irapuã a funda cólera:

— Fica tu, escondido entre as igaçabas de vinho, fica, velho morcego, porque temes a luz do dia e só bebes o sangue da vítima que dorme. Irapuã leva a guerra no punho de seu tacape. O terror que ele inspira voa com o rouco som do boré. O potiguara já tremeu ouvindo rugir na serra, mais forte que o ribombo do mar.

Nambu: ave campestre.

Troa e retroa: soa e ressoa.

Sanha: furor.

Núncio: mensageiro.

Membi: flauta indígena, feita de osso da tíbia.

* Andira, velho guerreiro, se opõe à ação precipitada do chefe Irapuã. Pede prudência: os tabajaras devem esperar a chegada dos inimigos para depois lutarem.

Desabriu: extravasou.

6

Martim vai a passo e passo por entre os altos juazeiros que cercam a cabana do Pajé.

Era o tempo em que o doce aracati[37] chega do mar, e derrama a deliciosa frescura pelo árido sertão. A planta respira; um suave arrepio **erriça** a verde **coma** da floresta.

O cristão contempla o ocaso do sol. A sombra, que desce dos montes e cobre o vale, penetra sua alma. Lembra-se do lugar onde nasceu, dos entes queridos que ali deixou. Sabe ele se tornará a vê-los algum dia?

Em torno **carpe** a natureza o dia que expira. Soluça a onda **trépida** e lacrimosa; geme a brisa na folhagem; o mesmo silêncio **anela de opresso**.

Iracema parou em face do jovem guerreiro:

— É a presença de Iracema que perturba a serenidade no rosto do estrangeiro?

Martim pousou brandos olhos na face da virgem:

— Não, filha de Araquém: tua presença alegra, como a luz da manhã. Foi a lembrança da pátria que trouxe a saudade ao coração **pressago**.

— Uma noiva te espera?

O forasteiro desviou os olhos. Iracema dobrou a cabeça sobre a espádua, como a tenra palma da carnaúba, quando a chuva peneira na várzea.

— Ela não é mais doce do que Iracema, a virgem dos lábios de mel, nem mais formosa! — murmurou o estrangeiro.

— A flor da mata é formosa quando tem rama que a abrigue, e tronco onde se enlace. Iracema não vive n'alma de um guerreiro; nunca sentiu a frescura do seu sorriso.

Emudeceram ambos, com os olhos no chão, escutando a palpitação dos seios que batiam opressos.

A virgem falou enfim:

— A alegria voltará logo à alma do guerreiro branco; porque Iracema quer que ele veja antes da noite a noiva que o espera*.

Erriça: eriça, arrepia.

Coma: cabeleira. Isto é, a brisa fresca arrepia o alto das árvores da floresta.

Carpe: chora.

Trépida: trêmula.

Anela de opresso: respira com dificuldade. A prosopopeia, recurso muito usado pelos escritores românticos, é uma constante na obra de Alencar: a natureza carpe (chora) o fim do dia; a onda soluça trépida e lacrimosa; a brisa geme.

Pressago: que pressagia, que tem pressentimentos.

* Iracema percebe que Martim a deseja e sofre pela proibição de entregar-se ao amor. Mas anima o rapaz, afirmando-lhe que ele verá, em breve, sua desejada noiva. O narrador deixa o leitor curioso: como Iracema fará isso?

Martim sorriu do ingênuo* desejo da filha do Pajé.

— Vem! — disse a virgem.

Atravessaram o bosque e desceram ao vale. Onde morria a **falda** da colina, o arvoredo era **basto**: densa abóbada de folhagem verde-negra cobria o **ádito** agreste, reservado aos mistérios do rito bárbaro.

Era de jurema o bosque sagrado. Em torno corriam os troncos rugosos da árvore de Tupã; dos galhos pendiam ocultos pela rama escura os vasos do sacrifício; **lastravam** o chão as cinzas de extinto fogo, que servira à festa da última lua.

Antes de penetrar o recôndito sítio, a virgem, que conduzia o guerreiro pela mão, hesitou, inclinando o ouvido sutil aos suspiros da brisa. Todos os ligeiros rumores da mata tinham uma voz para a selvagem filha do sertão. Nada havia porém de suspeito no intenso respiro da floresta.

Iracema fez ao estrangeiro um gesto de espera e silêncio; logo depois desapareceu no mais sombrio do bosque. O sol ainda pairava suspenso no **viso** da serrania; e já noite profunda enchia aquela solidão.

Quando a virgem tornou, trazia numa folha gotas de verde e estranho licor **vazadas** da igaçaba, que ela tirava do seio da terra. Apresentou ao guerreiro a taça agreste:

— Bebe!

Martim sentiu perpassar nos olhos o sono da morte; porém logo a luz inundou-lhe os seios d'alma; a força exuberou em seu coração. Reviveu os dias passados melhor do que os tinha vivido: fruiu a realidade de suas mais belas esperanças.

Ei-lo que volta à terra natal, abraça a velha mãe, revê mais lindo e terno o anjo puro dos amores infantis**.

Mas por quê, mal de volta ao berço da pátria, o jovem guerreiro de novo deixa o teto paterno e demanda o sertão?

Já atravessa as florestas; já chega aos campos do Ipu. Busca na selva a filha do Pajé. Segue o rasto ligeiro da virgem arisca, soltando à brisa com o **crebro** suspiro o doce nome:

*** Martim sorri porque acha que Iracema é ingênua por pensar que sua noiva está perto e ele logo poderá encontrá-la.**

Falda: aba.

Basto: espesso.

Ádito: local secreto, de caráter sagrado. No caso, se refere à selva, colocando-a como um recinto sagrado.

Lastravam: cobriam.

Viso: cume.

Vazadas: tiradas.

**** Como Iracema havia dito, Martim, sob o efeito da beberagem indígena, sonha e vê o "anjo puro dos amores infantis" — aquela suposta "noiva" nomeada por Iracema.**

Crebro: frequente.

— Iracema! Iracema!...

Já a alcança e **cinge-lhe** o braço pelo talhe esbelto.

Cedendo à meiga pressão, a virgem reclinou-se ao peito do guerreiro, e ficou ali trêmula e palpitante como a tímida perdiz, quando o terno companheiro lhe **arrufa** com o bico a macia penugem.

O lábio do guerreiro suspirou mais uma vez o doce nome e soluçou, como se chamara outro lábio amante. Iracema sentiu que sua alma se escapava para embeber-se no **ósculo** ardente.

A fronte reclinara, e a flor do sorriso expandia-se como o **nenúfar** ao beijo do sol.

Súbito a virgem tremeu; soltando-se rápida do braço que a cingia, travou do arco.

7

Iracema passou entre as árvores, silenciosa como uma sombra; seu olhar cintilante coava entre as folhas, qual frouxo raio de estrelas; ela escutava o silêncio profundo da noite e aspirava as auras sutis que **aflavam**[38].

Parou. Uma sombra resvalava entre as ramas; e nas folhas crepitava um passo ligeiro, se não era o roer de algum inseto. A pouco e pouco o tênue rumor foi crescendo e a sombra avultou.

Era um guerreiro. De um salto a virgem estava em face dele, trêmula de susto e mais de cólera.

— Iracema! — exclamou o guerreiro recuando.

— Anhanga[39] turbou sem dúvida o sono de Irapuã, que o trouxe perdido ao bosque da jurema, onde nenhum guerreiro penetra contra a vontade de Araquém.

— Não foi Anhanga, mas a lembrança de Iracema, que turbou o sono do primeiro guerreiro tabajara. Irapuã desceu do seu ninho de águia para seguir na várzea a garça do rio. Chegou, e Iracema fugiu de seus olhos.

Cinge-lhe: segura-lhe, prende-lhe.

Arrufa: toca.

Ósculo: beijo.

Nenúfar: certo tipo de planta aquática que se abre à luz do sol.

Aflavam: sopravam.

As vozes da taba contaram ao ouvido do chefe que um estrangeiro era vindo à cabana de Araquém.

A virgem estremeceu. O guerreiro cravou nela o olhar abrasado:

— O coração, aqui no peito de Irapuã, ficou tigre. Pulou de raiva. Veio farejando a presa. O estrangeiro está no bosque, e Iracema o acompanhava. Quero beber-lhe o sangue todo: quando o sangue do guerreiro branco correr nas veias do chefe tabajara, talvez o ame a filha de Araquém.

A pupila negra da virgem cintilou na treva, e de seu lábio borbulhou, como gotas do leite cáustico da **eufórbia**, um sorriso de desprezo:

— Nunca Iracema daria seu seio, que o espírito de Tupã habita só, ao guerreiro mais **vil** dos guerreiros tabajaras! **Torpe** é o morcego porque foge da luz e bebe o sangue da vítima adormecida!

— Filha de Araquém, não assanha o jaguar! O nome de Irapuã voa mais longe que o **guaná** do lago, quando sente a chuva além das serras. Que o guerreiro branco venha, e o seio de Iracema se abra para o vencedor.

— O guerreiro branco é hóspede de Araquém. A paz o trouxe aos campos de Ipu, a paz o guarda. Quem ofender o estrangeiro, ofende o Pajé.

Rugiu de sanha o chefe tabajara:

— A raiva de Irapuã só ouve agora o grito de vingança. O estrangeiro vai morrer.

— A filha de Araquém é mais forte que o chefe dos guerreiros — disse Iracema travando da **inúbia**. — Ela tem aqui a voz de Tupã, que chama seu povo.

— Mas não chamará! — respondeu o chefe escarnecendo.

— Não, porque Irapuã vai ser punido pela mão de Iracema. Seu primeiro passo é o passo da morte.

A virgem retraiu dum salto o avanço que tomara, e vibrou o arco. O chefe **cerrou** ainda o punho do formidável tacape; mas pela vez primeira sentiu que pesava ao braço robusto. O golpe que devia ferir Iracema, ainda

Eufórbia: planta da família das euforbiáceas, à qual pertence também a seringueira.

Vil: desprezível.

Torpe: vergonhoso, infame.

Guaná: certo tipo de ave aquática.

Inúbia: instrumento musical indígena, usado em rituais. Mais comentários na nota do autor, na p. 112.

Cerrou: apertou.

não alçado, já lhe trespassava, a ele próprio, o coração.

Conheceu quanto o varão forte é, pela sua mesma fortaleza, mais cativo das grandes paixões*.

— A sombra de Iracema não esconderá sempre o estrangeiro à vingança de Irapuã. Vil é o guerreiro que se deixa proteger por uma mulher.

Dizendo estas palavras, o chefe desapareceu entre as árvores. A virgem sempre alerta volveu para o cristão adormecido; e velou o resto da noite a seu lado. As emoções recentes, que agitaram sua alma, a abriram ainda mais à doce afeição, que iam filtrando nela os olhos do estrangeiro.

Desejava abrigá-lo contra todo o perigo, recolhê-lo em si como em um asilo impenetrável. Acompanhando o pensamento, seus braços cingiam a cabeça do guerreiro, e a apertava ao seio.

Mas, quando passou a alegria de o ver salvo dos perigos da noite, **entrou-a** mais viva inquietação, com a lembrança dos novos perigos que iam surgir.

— O amor de Iracema é como o vento dos areais; mata a flor das árvores — suspirou a virgem.

E afastou-se lentamente.

8

A alvorada abriu o dia e os olhos do guerreiro branco.

A luz da manhã dissipou os sonhos da noite, e arrancou de sua alma a lembrança do que sonhara. Ficou apenas um vago sentir, como fica na moita o perfume da flor que o vento da serra desfolha na madrugada.

Não sabia onde estava.

À saída do bosque sagrado encontrou Iracema: a virgem reclinava num tronco áspero do arvoredo; tinha os olhos no chão; o sangue fugira das faces; o coração lhe tremia nos lábios, como gota de orvalho nas folhas do bambu**.

*** Irapuã, com ciúmes de Martim, acusa Iracema de se entregar ao homem branco. Ergue a arma contra ela, mas, como a ama, não consegue feri-la. A mesma força que personifica o varão o torna fraco, quando prisioneiro de uma paixão.**

Entrou-a: **invadiu-a.**

**** É interessante notar como Iracema, uma indígena, é retratada por Alencar: recatada, pálida, lábios trêmulos — uma típica heroína romântica.**

Não tinha sorrisos, nem cores, a virgem indiana; não tem borbulhas, nem rosa, a acácia que o sol **crestou**; não tem azul, nem estrelas, a noite que enlutam os ventos.

— As flores da mata já abriram aos raios do sol; as aves já cantaram — disse o guerreiro. — Por que só Iracema curva a fronte e emudece?

A filha do Pajé estremeceu. Assim estremece a verde palma, quando a haste frágil foi abalada; rorejam do espato as lágrimas da chuva, e os leques ciciam brandamente.

— O guerreiro Caubi vai chegar à taba de seus irmãos. O estrangeiro poderá partir com o sol que vem nascendo.

— Iracema quer ver o estrangeiro fora dos campos dos tabajaras; então a alegria voltará a seu seio.

— A juruti, quando a árvore seca, foge do ninho em que nasceu. Nunca mais a alegria voltará ao seio de Iracema; ela vai ficar, como o tronco nu, sem ramas, nem sombras.

Martim amparou o corpo trêmulo da virgem; ela reclinou lânguida sobre o peito do guerreiro, como o tenro **pâmpano** da baunilha que enlaça o rijo galho do **angico**.

O mancebo murmurou:

— Teu hóspede fica, virgem dos olhos negros: ele fica para ver abrir em tuas faces a flor da alegria, e para sorver, como o colibri, o mel de teus lábios.

Iracema soltou-se dos braços do mancebo, e olhou-o com tristeza:

— Guerreiro branco, Iracema é filha do Pajé, e guarda o segredo da jurema. O guerreiro que possuísse a virgem de Tupã morreria.

— E Iracema?

— Pois que tu morrias!...*

Esta palavra foi como um sopro de tormenta. A cabeça do mancebo vergou e pendeu sobre o peito; mas logo se ergueu.

— Os guerreiros de meu sangue trazem a morte consigo, filha dos tabajaras. Não a temem para si, não a poupam para o inimigo. Mas nunca fora do combate

Crestou: queimou, abrasou.

Pâmpano: ramo.

Angico: certo tipo de árvore alta e rija. Observe que o narrador compara Iracema com um tenro ramo e Martim com uma árvore alta e rija. Os elementos da natureza brasileira servem sempre de base para as frequentes comparações presentes no texto.

*** Novamente, aqui, Iracema agindo como uma heroína romântica, coloca o amor acima da própria vida. Segundo a lei da tribo, o homem que possuir a virgem deverá morrer. Se isso acontecer a Martim, Iracema não terá mais razão para continuar vivendo.**

eles deixarão aberto o camucim*[40] da virgem na taba de seu hóspede. A verdade falou pela boca de Iracema. O estrangeiro deve abandonar os campos dos tabajaras.

— Deve — respondeu a virgem como um eco. Depois a sua voz suspirou: — O mel dos lábios de Iracema é como o favo que a abelha fabrica no tronco da andiroba[41]: tem na doçura o veneno. A virgem dos olhos azuis e dos cabelos do sol[42] guarda para seu guerreiro na taba dos brancos o mel da açucena.

Martim afastou-se rápido; mas voltou lentamente. A palavra tremia em seu lábio:

— O estrangeiro partirá para que o sossego volte ao seio da virgem.

— Tu levas a luz dos olhos de Iracema, e a flor de sua alma.

Reboa longe na selva um clamor estranho. Os olhos do mancebo alongam-se.

— É o grito de alegria do guerreiro Caubi — disse a virgem. — O irmão de Iracema anuncia que é chegado aos campos dos tabajaras.

— Filha de Araquém, guia teu hóspede à cabana. É tempo de partir.

Eles caminharam par a par, como dois jovens cervos que ao pôr do sol atravessam a capoeira[43] recolhendo ao **aprisco** de onde lhes traz a brisa um faro suspeito.

Quando chegavam perto dos juazeiros, viram que passava além o guerreiro Caubi, vergando os ombros robustos ao peso da caça. Iracema caminhou para ele.

O estrangeiro entrou só na cabana.

*** Martim, de maneira cavalheiresca, afirma que jamais partiria, deixando a morte para Iracema — destino certo que ela teria se perdesse a virgindade.**

Aprisco: local protegido onde os animais se recolhem à noite.

9

O sono da manhã pousava nos olhos do Pajé como névoas de bonança pairam ao romper do dia sobre as profundas cavernas da montanha.

Martim parou indeciso; mas o rumor de seu passo penetrou no ouvido do ancião, e abalou seu corpo decrépito.

— Araquém dorme! — murmurou o guerreiro devolvendo o passo.

O velho ficou imóvel:

— O Pajé dorme porque já Tupã voltou o rosto para a terra e a luz correu os maus espíritos da treva. Mas o sono é leve nos olhos de Araquém, como o fumo do sapé no cocuruto da serra. Se o estrangeiro veio para o Pajé, fale; seu ouvido escuta.

— O estrangeiro veio, para te anunciar que parte.

— O hóspede é senhor na cabana de Araquém; todos os caminhos estão abertos para ele. Tupã o leve à taba dos seus.

Vieram Caubi e Iracema:

— Caubi voltou — disse o guerreiro tabajara. — Traz a Araquém o melhor de sua caça.

— O guerreiro Caubi é um grande caçador de montes e florestas. Os olhos de seu pai gostam de vê-lo.

O velho abriu as pálpebras e cerrou-as logo:

— Filha de Araquém, escolhe para teu hóspede o presente da volta e prepara o moquém[44] da viagem. Se o estrangeiro precisa de guia, o guerreiro Caubi, senhor do caminho[45], o acompanhará.

O sono voltou aos olhos do Pajé.

Enquanto Caubi pendurava no fumeiro as peças de caça, Iracema colheu a sua alva rede de algodão com franjas de penas, e acomodou-a dentro do uru de palha trançada.

Martim esperava na porta da cabana. A virgem veio a ele:

— Guerreiro, que levas o sono de meus olhos, leva a minha rede também. Quando nela dormires, falem em tua alma os sonhos de Iracema.

— Tua rede, virgem dos tabajaras, será minha companheira no deserto: venha embora o vento frio da noite, ela guardará para o estrangeiro o calor e o perfume do seio de Iracema.

Caubi saiu para ir à sua cabana, que ainda não tinha visto depois da volta. Iracema foi preparar o moquém da viagem. Ficaram sós na cabana o Pajé que ressonava, e o mancebo com sua tristeza.

O sol, transmontando, já começava a declinar para o ocidente, quando o irmão de Iracema tornou da grande taba.

— O dia vai ficar triste[46] — disse Caubi. — A sombra caminha para a noite. É tempo de partir.

A virgem pousou a mão de leve no punho da rede de Araquém.

— Ele vai! — murmuraram os lábios trêmulos.

O Pajé levantou-se em pé no meio da cabana e acendeu o cachimbo. Ele e o mancebo trocaram a fumaça da despedida.

— Bem-ido seja o hóspede, como foi bem-vindo à cabana de Araquém.

O velho andou até à porta para soltar ao vento uma espessa baforada de tabaco; quando o fumo se dissipou no ar, ele murmurou:

— Jurupari[47] se esconda para deixar passar o hóspede do Pajé.

Araquém voltou à rede e dormiu de novo. O mancebo tomou as armas que, chegando, suspendera às varas da cabana, e dispôs-se a partir.

Adiante seguiu Caubi; a alguma distância o estrangeiro; logo após, Iracema.

Desceram a colina e entraram na mata sombria. O sabiá-do-sertão, mavioso cantor da tarde, escondido nas moitas espessas da ubaia[48], soltava os prelúdios da suave **endecha**.

A virgem suspirou:

— A tarde é a tristeza do sol. Os dias de Iracema vão ser longas tardes sem manhã, até que venha para ela a grande noite*.

O mancebo se voltara. Seu lábio emudeceu, mas os olhos falaram. Uma lágrima correu pela face guerreira, como as umidades que durante os ardores do **estio** **transudam** da escarpa dos rochedos.

Caubi avançando sempre, sumira-se entre a densa ramagem.

O seio da filha de Araquém arfou, como o **esto** da vaga que se franja de espuma e soluça. Mas sua alma, negra de tristura, teve ainda um pálido reflexo para iluminar a seca flor das faces. Assim em noite escura vem um fogo-fátuo luzir nas brancas areias do tabuleiro.

— Estrangeiro, toma o último sorriso de Iracema... e foge!

Endecha: canção triste, melancólica.

*** Repare no efeito poético dessas metáforas, usadas para acentuar a tristeza que invade Iracema.**

Estio: da estação quente.

Transudam: transpiram.

Esto: movimento ondulatório e ruidoso.

A boca do guerreiro pousou na boca mimosa da virgem. Ficaram ambos assim unidos como dois frutos gêmeos do araçá, que saíram do seio da mesma flor.

A voz de Caubi chamou o estrangeiro. Iracema abraçou para não cair, o tronco de uma palmeira*.

10

Na cabana silenciosa medita o velho Pajé.

Iracema está apoiada no tronco **rudo**, que serve de esteio. Os grandes olhos negros, fitos nos recortes da floresta e rasos de pranto, estão naqueles olhares longos e trêmulos enfiando e desfiando os aljôfares das lágrimas, que rorejam as faces.

A ará, pousada no jirau fronteiro, alonga para sua formosa senhora os verdes tristes olhos. Desde que o guerreiro branco pisou a terra dos tabajaras, Iracema a esqueceu.

Os róseos lábios da virgem não se abriram mais para que ela colhesse entre eles a polpa da fruta ou a papa do milho verde; nem a doce mão a afagara uma só vez, alisando a dourada penugem da cabeça.

Se repetia o mavioso nome da senhora, o sorriso de Iracema já não se voltava para ela, nem o ouvido parecia escutar a voz da companheira e amiga, que dantes tão suave era ao seu coração.

Triste dela! A gente tupi a chamava jandaia[49], porque sempre alegre **estrugia** os campos com seu canto **fremente**. Mas agora, triste e muda, desdenhada de sua senhora, não parecia mais a linda jandaia, e sim o feio **urutau** que somente sabe gemer.

O sol remontou a **umbria** das serras; seus raios douravam apenas o viso das eminências.

A surdina **merencória** da tarde, precedendo o silêncio da noite, começava de velar os crebros rumores do

*** Observe que a cena, em plena selva, é uma típica despedida romântica, com os dois apaixonados, tristes, trocando o último beijo de amor.**

Rudo: rude, áspero.

Estrugia: vibrava fortemente.

Fremente: vibrante.

Urutau: nome comum a diversas aves noturnas, de voo silencioso como o das corujas, e canto melancólico e fúnebre.

Umbria: lado sombrio.

Merencória: melancólica.

campo. Uma ave noturna, talvez iludida com a sombra mais espessa do bosque, desatou o **estrídulo**.

O velho ergueu a fronte calva:

— Foi o canto da inhuma[50] que acordou o ouvido de Araquém? — disse ele admirado.

A virgem estremecera, e já fora da cabana, voltou-se, para responder à pergunta do Pajé:

— É o grito de guerra do guerreiro Caubi!

Quando o segundo pio da inhuma ressoou, Iracema corria na mata como a corça perseguida pelo caçador. Só respirou chegando à campina, que recortava o bosque, como um grande lago.

Quem seus olhos primeiro viram, Martim, estava tranquilamente sentado em uma **sapopema**, olhando o que passava ali. Contra, cem guerreiros tabajaras com Irapuã à frente, formavam arco. O bravo Caubi os afrontava a todos, com o olhar cheio de ira e as armas valentes empunhadas na mão robusta.

O chefe exigira a entrega do estrangeiro, e o guia respondera simplesmente:

— Matai Caubi antes.

A filha do Pajé passara como uma flecha: ei-la diante de Martim, opondo também seu corpo gentil aos golpes dos guerreiros. Irapuã soltou o bramido da onça atacada na **furna**.

— Filha do Pajé — disse Caubi em voz baixa —, conduz o estrangeiro à cabana; só Araquém pode salvá-lo.

Iracema voltou-se para o guerreiro branco:

— Vem!

Ele ficou imóvel.

— Se tu não vens — disse a virgem —, Iracema morrerá contigo.

Martim ergueu-se; mas longe de seguir a virgem, caminhou direito a Irapuã. Sua espada flamejou no ar.

— Os guerreiros de meu sangue, chefe, jamais recusaram combate. Se aquele que tu vês não foi o primeiro a provocá-lo, é porque seus pais lhe ensinaram a não derramar sangue na terra hospedeira*.

Estrídulo: grito alto, estridente.

Sapopema: cada uma das raízes que, em algumas árvores, crescem para cima, com o tronco, formando em volta dele divisões achatadas.

Furna: caverna, gruta.

* Martim enfrenta o chefe Irapuã com a bravura e a honra de um cavaleiro medieval. É uma tendência do Romantismo valorizar o caráter digno e destemido de seus heróis.

O chefe tabajara rugiu de alegria; sua mão possante brandiu o tacape. Mas os dois campeões mal tiveram tempo de medir-se com os olhos; quando fendiam o primeiro golpe, já Caubi e Iracema estavam entre eles.

A filha de Araquém **debalde** rogava ao cristão, debalde o cingia nos braços buscando arrancá-lo ao combate. De seu lado Caubi em vão provocava Irapuã para atrair a si a raiva do chefe.

A um gesto de Irapuã, os guerreiros afastaram os dois irmãos; o combate prosseguiu.

De repente o rouco som da inúbia[51] reboou pela mata; os filhos da serra estremeceram reconhecendo o estrídulo do **búzio** guerreiro dos pitiguaras, senhores das praias ensombradas de coqueiros. O eco vinha da grande taba, que o inimigo talvez assaltava já.

Os guerreiros precipitaram levando por diante o chefe. Com o estrangeiro só ficou a filha de Araquém.

11

Os guerreiros tabajaras, acorridos à taba, esperavam o inimigo diante da caiçara. Não vindo ele, saíram a buscá-lo. Bateram as matas em torno e percorreram os campos; nem vestígios encontraram da passagem dos pitiguaras; mas o conhecido frêmito do búzio das praias tinha ressoado ao ouvido dos guerreiros da montanha; não havia duvidar.

Suspeitou Irapuã que fosse um ardil da filha de Araquém para salvar o estrangeiro, e caminhou direito à cabana do Pajé. Como trota o guará[52] pela orla da mata, quando vai seguindo o rasto da presa **escápula**, assim **estugava** o passo o **sanhudo** guerreiro.

Araquém viu entrar em sua cabana o grande chefe da nação tabajara, e não se moveu. Sentado na rede, com as pernas cruzadas, escutava Iracema. A virgem referia os sucessos da tarde; avistando a figura sinistra de

Debalde: em vão.

Búzio: espécie de buzina feita de concha. Lembre-se de que os pitiguaras viviam no litoral e sabiam aproveitar os materiais que encontravam na praia.

Escápula: que escapou ou fugiu.

Estugava: apressava.

Sanhudo: medonho, terrível.

Irapuã, saltou sobre o arco e uniu-se ao flanco do jovem guerreiro branco.

Martim a afastou docemente de si, e promoveu o passo.

A proteção, de que o cercava, a ele guerreiro, a virgem tabajara, o desgostava.

— Araquém, a vingança dos tabajaras espera o guerreiro branco; Irapuã veio buscá-lo.

— O hóspede é amigo de Tupã; quem ofender o estrangeiro ouvirá rugir o trovão.

— O estrangeiro foi quem ofendeu a Tupã, roubando sua virgem, que guarda os sonhos da jurema*.

— Tua boca mente como o ronco da jiboia[53] — exclamou Iracema.

Martim disse:

— Irapuã é vil e indigno de ser chefe de guerreiros valentes!

O Pajé falou grave e lento:

— Se a virgem abandonou ao guerreiro branco a flor de seu corpo, ela morrerá; mas o hóspede de Tupã é sagrado; ninguém o ofenderá; Araquém o protege.

Bramiu Irapuã; o grito rouco troou nas arcas do peito, como o frêmito da sucuri[54] na profundeza do rio.

— A raiva de Irapuã não pode mais ouvir-te, velho Pajé! Caia ela sobre ti, se ousares subtrair o estrangeiro à vingança dos tabajaras.

O velho Andira, irmão do Pajé, entrou na cabana; trazia no punho o terrível tacape; e nos olhos uma sanha ainda mais terrível.

— O morcego vem te chupar o sangue, Irapuã, se é que tens sangue e não mel[55] nas veias, tu que ameaças em sua cabana o velho Pajé.

Araquém afastou o irmão:

— Paz e silêncio, Andira.

O Pajé desenvolvera a alta e magra estatura, como a **caninana assanhada**, que **se enrista** sobre a cauda, para afrontar a vítima em face. Afundaram-lhe as rugas; e, repuxando as peles **engelhadas**, esbugalharam

*** O chefe Irapuã acreditava que Martim tinha desvirginado Iracema e por isso ofendera a Tupã, roubando-lhe a sacerdotisa.**

Caninana: serpente não venenosa.

Assanhada: furiosa.

Se enrista: se ergue.

Engelhadas: enrugadas.

os dentes alvos e afilados:

— Ousa um passo mais, e as iras de Tupã te esmagarão sob o peso desta mão seca e mirrada!

— Neste momento, Tupã não é contigo! — replicou o chefe.

O Pajé riu; e seu riso sinistro reboou pelo espaço como o **regougo** da **ariranha**.

— Ouve seu trovão[56], e treme em teu seio, guerreiro, como a terra em sua profundeza.

Araquém proferindo essa palavra terrível, avançou até o meio da cabana; ali ergueu a grande pedra e calcou o pé com força no chão; súbito, abriu-se a terra. Do antro profundo saiu um medonho gemido, que parecia arrancado das entranhas do rochedo.

Irapuã não tremeu, nem enfiou de susto; mas sentiu estremecer a luz nos olhos, e a voz nos lábios.

— O senhor do trovão é por ti; o senhor da guerra será por Irapuã — disse o chefe.

O **torvo** guerreiro deixou a cabana; **com pouco** seu grande vulto mergulhou-se nas sombras do crepúsculo.

O Pajé e seu irmão **travaram a prática** na porta da cabana.

Ainda surpreso do que vira, Martim não tirava os olhos da funda cava, que a planta do velho Pajé abrira no chão da cabana. Um surdo rumor, como o eco das ondas quebrando nas praias, **ruidava** ali.

Cismava o guerreiro cristão; ele não podia crer que o deus dos tabajaras desse a seu sacerdote tamanho poder.

Percebendo o que passava n'alma do estrangeiro, Araquém acendeu o cachimbo e travou do maracá[57].

— É tempo de aplacar as iras de Tupã, e calar a voz do trovão.

Disse e partiu da cabana.

Iracema achegou-se então do mancebo; levava os lábios em riso, os olhos em júbilo:

— O coração de Iracema está como o abati n'água[58] do rio. Ninguém fará mal ao guerreiro branco na cabana de Araquém.

Regougo: ronco.

Ariranha: mamífero semiaquático, semelhante à lontra, mas um pouco maior.

Torvo: sinistro.

Com pouco: em pouco tempo.

Travaram a prática: conversaram.

Ruidava: fazia ruído.

— Arreda-te do inimigo, virgem dos tabajaras — respondeu o estrangeiro com aspereza de voz.

Voltando brusco para o lado oposto, **furtou** o semblante aos olhos ternos e queixosos da virgem.

— Que fez Iracema, para que o guerreiro branco desvie seus olhos, como se ela fora o verme da terra?

As falas da virgem ressoaram docemente no coração de Martim. Assim ressoam os murmúrios da aragem nas frondes da palmeira. Teve o mancebo desgosto de si, e pena dela:

— Não ouves tu, virgem formosa? — exclamou ele, apontando para o antro fremente.

— É a voz de Tupã!

— Teu deus falou pela boca do Pajé: "Se a virgem de Tupã abandonar ao estrangeiro a flor de seu corpo, ela morrerá!"

Iracema deixou pender a fronte abatida:

— Não é a voz de Tupã que ouve teu coração, guerreiro de longes terras, é o canto da virgem loura que te chama*!

O rumor estranho que saía das profundezas da terra apagou-se de repente: fez-se na cabana tão grande silêncio, que ouvia-se pulsar o sangue na artéria do guerreiro, e tremer o suspiro no lábio da virgem.

12

O dia enegreceu; era noite já.

O Pajé tornara à cabana; **sopesando** de novo a grossa laje, fechou com ela a boca do antro. Caubi chegara também da grande taba, onde com seus irmãos guerreiros se recolhera depois que bateram a floresta, em busca do inimigo pitiguara.

No meio da cabana, entre as redes armadas em quadro, estendeu Iracema a esteira da carnaúba, e sobre ela

Furtou: escondeu.

*** Desde os primeiros contatos com Martim, Iracema pressente que ele não ficará com ela por muito tempo, porque não consegue esquecer a mulher que teria deixado em sua terra natal.**

Sopesando: pegando com as mãos.

serviu os restos da caça, e a provisão de vinhos da última lua. Só o guerreiro tabajara achou sabor na ceia, porque o fel do coração que a tristeza espreme não amargurava seu lábio.

O Pajé enchia o cachimbo da erva de Tupã; o estrangeiro respirava o ar puro da noite para refrescar o sangue efervescente; a virgem destilava sua alma como o mel de um favo nos crebros soluços que lhe estalavam entre os lábios trêmulos.

Já partiu Caubi para a grande taba; o Pajé traga as baforadas do fumo, que prepara o mistério do rito sagrado.

Levanta-se no **ressono** da noite um grito vibrante, que remonta ao céu.

Ergue Martim a fronte e inclina o ouvido. Outro clamor semelhante ressoa. O guerreiro murmura, que o ouça a virgem e só ela:

— Escutou, Iracema, cantar a gaivota?

— Iracema escutou o grito de uma ave que ela não conhece.

— É a atiati, a garça do mar, e tu és a virgem da serra, que nunca desceu às alvas praias onde arrebentam as vagas.

— As praias são dos pitiguaras, senhores das palmeiras.

Os guerreiros da grande nação que habitava as bordas do mar se chamavam a si mesmos pitiguaras, senhores dos vales; mas os tabajaras, seus inimigos, por escárnio, os apelidavam potiguaras, comedores de camarão.

Temeu Iracema ofender o guerreiro branco; por isso falando dos pitiguaras, não lhes recusou o nome que eles haviam tomado para si.

O estrangeiro reteve por um instante a palavra no lábio prudente, enquanto refletia:

— O canto da gaivota é o grito de guerra do valente Poti, amigo de teu hóspede*!

A virgem estremeceu por seus irmãos. A fama do bravo Poti, irmão de Jacaúna, subiu das ribeiras do mar ao

Ressono: sono.

*** Martim reconhece o truque de seu amigo Poti imitando uma gaivota. Para saber mais sobre Poti, leia o Argumento histórico, na p. 100.**

cimo da Ibiapaba; rara é a cabana onde já não rugiu contra ele o grito da vingança, porque cada golpe do **válido** tacape deitou um guerreiro tabajara em seu camucim*.

Cuidou Iracema que Poti vinha à frente de seus guerreiros para livrar o amigo. Era ele sem dúvida que fizera **retroar** o búzio das praias, no momento do combate. Foi com um tom misturado de doçura e tristeza que replicou:

— O estrangeiro está salvo; os irmãos de Iracema vão morrer, porque ela não falará.

— Despede essa tristeza de tua alma. O estrangeiro partindo-se de teus campos, virgem tabajara, não deixará neles rasto de sangue, como o tigre esfaimado.

Iracema tomou a mão do guerreiro branco e beijou-a.

— Teu sorriso, filha do Pajé, apagou a lembrança do mal que eles me querem.

Martim ergueu-se e caminhou para a porta.

— Onde vai o guerreiro branco?

— Ao encontro de Poti.

— O hóspede de Araquém não pode sair desta cabana, porque os guerreiros de Irapuã o matarão.

— Um guerreiro só pede proteção a Deus e a suas armas. Não carece que o defendam os velhos e as mulheres**.

— Que vale um guerreiro só contra mil guerreiros? Valente e forte é o tamanduá, que mordem os gatos selvagens por serem muitos e o acabam. Tuas armas só chegam até onde mede a sombra de teu corpo; as armas deles voam alto e direito como o anajê.

— Todo o guerreiro tem seu dia.

— Não queres tu que morra Iracema, e queres que ela te deixe morrer!

Martim ficou perplexo.

— Iracema irá ao encontro do chefe pitiguara e trará a seu hóspede as falas do guerreiro amigo.

Saiu enfim o Pajé da sua contemplação. O maracá rugiu-lhe na **destra**; tiniram os guizos com o passo **hirto** e lento.

Válido: forte, poderoso.

*** Os tabajaras nutriam um desejo muito forte de vingança contra Poti, porque muitos de seus irmãos haviam sido mortos por ele.**

Retroar: soar com grande estrondo.

**** Comportando-se como um autêntico cavaleiro medieval, Martim declara, com orgulho e altivez, sua fé em Deus e na própria coragem.**

Destra: mão direita.

Hirto: duro, firme.

Chamou ele a filha de parte:

— Se os guerreiros de Irapuã vierem contra a cabana, levanta a pedra e esconde o estrangeiro no seio da terra.

— O hóspede não deve ficar só; espere que volte Iracema. Ainda não cantou a inhuma.

Tornou a sentar-se na rede o velho. A virgem partiu, cerrando a porta da cabana.

13

Avança a filha de Araquém nas trevas; para e escuta. O grito da gaivota terceira vez ressoa a seu ouvido; vai direito ao lugar donde partiu; chega à borda de um tanque; seu olhar investiga a escuridão, e nada vê do que busca.

A voz maviosa, débil como sussurro de colibri, murmura:

— Guerreiro Poti, teu irmão branco te chama pela boca de Iracema*.

Só o eco respondeu-lhe.

— A filha de teus inimigos vem a ti, porque o estrangeiro te ama, e ela ama o estrangeiro.

Fendeu-se a lisa face do lago e um vulto se mostra, que nada para a margem, e surge fora.

— Foi Martim quem te mandou, pois tu sabes o nome de Poti, seu irmão na guerra.

— Fala, chefe pitiguara; o guerreiro branco espera.

— Torna a ele e diz que Poti é chegado para o salvar.

— Ele sabe; e mandou-me a ti.

— As falas de Poti sairão de sua boca para o ouvido de seu irmão.

— Espera então que Araquém parta e a cabana fique deserta; eu te guiarei à presença do estrangeiro.

— Nunca, filha dos tabajaras, um guerreiro pitiguara passou a soleira da cabana inimiga, se não foi como vencedor. Conduz aqui o guerreiro do mar.

*** Iracema chama por Poti, inimigo de seu povo, por amor a Martim, numa atitude característica do amor romântico: pelo ser amado, a personagem transgride as regras sociais e familiares.**

— A vingança de Irapuã fareja em roda da cabana de Araquém. Trouxe o irmão do estrangeiro bastantes guerreiros pitiguaras para o defender e salvar?

Poti refletiu:

— Conta, virgem das serras, o que sucedeu em teus campos depois que a eles chegou o guerreiro do mar.

Referiu Iracema como a cólera de Irapuã se havia assanhado contra o estrangeiro, até que a voz de Tupã, chamado pelo Pajé, tinha acalmado seu furor:

— A raiva de Irapuã é como a **andira**: foge da luz e voa nas trevas.

A mão de Poti cerrou súbito os lábios da virgem; sua fala parecia um sopro:

— Suspende a voz e o respiro, virgem das florestas; o ouvido inimigo escuta na sombra.

As folhas crepitavam de manso, como se por elas passasse a **fragueira nambu**. Um rumor, partido da orla da mata, vinha discorrendo pelo vale.

O valente Poti, resvalando pela relva, como o ligeiro camarão, de que ele tomara o nome e a viveza, desapareceu no lago profundo. A água não soltou um murmúrio, e cerrou sobre ele sua onda límpida.

Voltou Iracema à cabana; em meio do caminho perceberam seus olhos as sombras de muitos guerreiros que **rojavam** pelo chão como a **intanha**.

Vendo-a entrar, Araquém partiu.

A virgem tabajara contou a Martim o que ouvira de Poti; o guerreiro cristão ergueu-se de um ímpeto para correr em defesa de seu irmão pitiguara. Cingiu-lhe Iracema o colo com os lindos braços:

— O chefe não carece de ti; ele é filho das águas; as águas o protegem. Mais tarde o estrangeiro escutará as falas do amigo.

— Iracema, é tempo que teu hóspede deixe a cabana do Pajé e os campos dos tabajaras. Ele não tem medo dos guerreiros de Irapuã: tem medo dos olhos da virgem de Tupã*.

— Estes fugirão de ti.

Andira (ou andirá): certo tipo de morcego.

Fragueira: que vive nos penhascos.

Nambu (ou inambu): certo tipo de ave.

Rojavam: arrastavam-se.

Intanha: sapo de grande voracidade, barulhento e perigoso. Quando se sente ameaçado, estufa, empina uma espécie de chifres que tem sobre os olhos e seu aspecto se torna aterrador.

*** Martim não teme a guerra nem a morte, mas "tem medo dos olhos da virgem de Tupã", porque, sentindo crescer seu desejo pela jovem, receia não respeitar sua condição de sacerdotisa e possuí-la, fazendo com que ela caia em desonra ao transgredir as leis da tribo.**

— Fuja deles o estrangeiro, como o oitibó da estrela da manhã.

Martim promoveu o passo.

— Vai, guerreiro ingrato; vai matar teu irmão primeiro, depois a ti. Iracema te seguirá até aos campos alegres onde vão as sombras dos que morrem.

— Matar meu irmão, dizes tu, virgem cruel.

— Teu rasto guiará o inimigo aonde se oculta o guerreiro do vale.

O cristão estacou em meio da cabana; e ali permaneceu mudo e **quedo**. Iracema, receosa de fitá-lo, punha os olhos na sombra do guerreiro que a chama projetava na **vetusta** parede da cabana.

O cão felpudo, deitado no borralho, deu sinal de aproximar-se gente amiga. A porta entretecida dos talos da carnaúba foi aberta por fora. Caubi entrou.

— O cauim perturbou o espírito dos guerreiros; eles vêm contra o estrangeiro.

A virgem ergueu-se de um ímpeto:

— Levanta a pedra que fecha a garganta de Tupã, para que ela esconda o estrangeiro.

O guerreiro tabajara, sopesando a laje enorme, emborcou-a no chão.

— Filho de Araquém, deita-te na porta da cabana, e nunca mais te levantes da terra, se um guerreiro passar por cima de teu corpo.

Caubi obedeceu; a virgem cerrou a porta.

Decorreu breve **trato**. Ressoa perto o **estrupido** dos guerreiros; travam-se as vozes iradas de Irapuã e Caubi.

— Eles vêm; mas Tupã salvará seu hóspede.

Nesse instante, como se o deus do trovão ouvisse as palavras de sua virgem, o antro, mudo em princípio, retroou surdamente.

— Ouve! É a voz de Tupã.

Iracema cerra a mão do guerreiro e o leva à borda do antro. Somem-se ambos nas entranhas da terra.

Quedo (ê): parado, imóvel.

Vetusta: velha.

Trato: intervalo.

Estrupido: estrépito, barulho.

14

Os guerreiros tabajaras, excitados com as **copiosas libações** do espumante cauim, se inflamam à voz de Irapuã que tantas vezes os guiou ao combate, quantas à vitória.

Aplaca o vinho a sede do corpo, mas acende outra sede maior na alma feroz. Rugem vingança contra o estrangeiro audaz que afrontando suas armas, ofende o deus de seus pais e o chefe de guerra, o primeiro varão tabajara.

Lá tripudiam de furor, e arremetem pelas sombras; a luz vermelha do ubiratã[59], que brilha ao longe, os guia à cabana de Araquém. De espaço em espaço erguem-se do chão os que primeiro vieram para vigiar o inimigo.

— O Pajé está na floresta! — murmuram eles.

— E o estrangeiro? — pergunta Irapuã.

— Na cabana com Iracema.

Lança o grande chefe terrível salto; já é chegado à porta da cabana, e com ele seus valentes guerreiros.

O vulto de Caubi enche o vão da porta; suas armas guardam diante dele o espaço de um bote do maracajá[60].

— Vis guerreiros são aqueles que atacam em bando como os caititus[61]. O jaguar[62], senhor da floresta, e o anajê[63], senhor das nuvens, combatem só o inimigo*.

— Morda o pó a boca torpe que levanta a voz contra o mais valente guerreiro dos guerreiros tabajaras.

Proferidas estas palavras, ergue o braço de Irapuã o rígido tacape, mas estaca no ar; as entranhas da terra outra vez rugem, como rugiram quando Araquém acordou a voz tremenda de Tupã.

Levantam os guerreiros medonho alarido, e cercando seu chefe, o arrebatam ao funesto lugar e à cólera de Tupã, contra eles concitado.

Caubi estende-se de novo na soleira da porta; seus olhos adormecem; mas o ouvido sutil **vela** no sono.

Emudeceu a voz de Tupã**.

Iracema e o cristão, perdidos nas entranhas da terra,

Copiosas: abundantes.

Libações: tragos.

*** Caubi indiretamente chama Irapuã de covarde, uma vez que este está acompanhado de muitos guerreiros. Afirma que só os caititus (porcos-do-mato) atacam em bandos. Animais corajosos, como o jaguar e o gavião (anajê), atacam sozinhos.**

Vela: vigia.

**** Releia a nota 56 (p. 112), a respeito do ardil que o pajé usava para amedrontar os índios supersticiosos. A "voz de Tupã" nada mais era do que o ronco provocado pela entrada de ar nas grutas profundas.**

descem a gruta profunda. Súbito, uma voz que vinha reboando pela **crasta**, encheu seus ouvidos:

— O guerreiro do mar escuta a fala de seu irmão?

— É Poti, o amigo de teu hóspede — disse o cristão para a virgem.

Iracema estremeceu:

— Ele fala pela boca de Tupã.

Martim respondeu enfim ao pitiguara.

— As falas de Poti entram n'alma de seu irmão.

— Nenhum outro ouvido escuta?

— Os da virgem que duas vezes em um sol defendeu a vida de teu irmão!

— A mulher é fraca, o tabajara traidor, e o irmão de Jacaúna prudente.

Iracema suspirou e pousou a cabeça no peito do mancebo:

— Senhor de Iracema, cerra seus ouvidos para que ela não ouça.

Martim repeliu docemente a gentil fronte:

— Fale o chefe pitiguara; só o escutam ouvidos amigos e fiéis*.

— Tu ordenas, Poti fala. Antes que o sol se levante na serra, o guerreiro do mar deve partir para as margens do ninho das garças; a estrela morta o guiará. Nenhum tabajara o seguirá, porque a inúbia dos pitiguaras rugirá da banda da serra.

— Quantos guerreiros pitiguaras acompanham seu chefe valente?

— Nenhum; Poti veio só. Quando os espíritos maus das florestas separaram o guerreiro do mar de seu irmão, Poti veio em seguimento do rasto. Seu coração não deixou que voltasse para chamar os guerreiros de sua taba; mas despediu o cão fiel ao grande Jacaúna.

— O chefe pitiguara está só; não deve rugir a inúbia que chamará contra si todos os guerreiros tabajaras.

— Assim é preciso para salvar o irmão branco; Poti zombará de Irapuã, como zombou quando combatiam cem contra ti.

Crasta: lugar fechado. Iracema e Martim estão nas profundezas da gruta.

*** Martim insiste para que Poti fale francamente, diante de Iracema. Desse modo, o cristão pretende afastar de Poti as dúvidas de que todo membro da tribo tabajara é traidor. Apenas Iracema é fiel a Martim e não à sua tribo, porque está apaixonada.**

A filha do Pajé que ouvia calada, debruçou-se ao ouvido do cristão:

— Iracema quer te salvar e a teu irmão; ela tem seu pensamento. O chefe pitiguara é valente e audaz; Irapuã é manhoso e traiçoeiro como a acauã[64]. Antes que chegues à floresta, cairás; e teu irmão da outra banda cairá contigo.

— Que fará a virgem tabajara para salvar o estrangeiro e seu irmão? — perguntou Martim.

— A lua das flores vai nascer. É o tempo da festa, em que os guerreiros tabajaras passam a noite no bosque sagrado, e recebem do Pajé os sonhos alegres. Quando estiverem todos adormecidos, o guerreiro branco deixará os campos de Ipu, e os olhos de Iracema, mas sua alma, não.

Martim estreitou a virgem ao seio; mas logo a repeliu. O toque de seu corpo, doce como a açucena-do-mato, e macio como o ninho do beija-flor, magoou seu coração, porque lhe recordou as palavras terríveis do Pajé.

A voz do cristão transmitiu a Poti o pensamento de Iracema; o chefe pitiguara, prudente como o tamanduá, pensou e respondeu:

— A sabedoria falou pela boca da virgem tabajara. Poti espera o nascimento da lua.

15

Nasceu o dia e expirou.

Já brilha na cabana de Araquém o fogo, companheiro da noite. Correm lentas e silenciosas no azul do céu, as estrelas, filhas da lua, que esperam a volta da mãe ausente.

Martim se embala docemente; e como a alva rede que vai e vem, sua vontade oscila de um a outro pensamento. Lá o espera a virgem loura dos castos afetos; aqui lhe sorria a virgem morena dos ardentes amores.

Iracema recosta-se **langue** ao punho da rede; seus olhos negros e **fúlgidos**, ternos olhos de sabiá, buscam

Langue: lânguida; com ar sensual.

Fúlgidos: brilhantes.

o estrangeiro e lhe entram n'alma. O cristão sorri; a virgem palpita; como o saí[65], fascinado pela serpente, vai declinando o lascivo talhe, que se debruça enfim sobre o peito do guerreiro*.

Já o estrangeiro a **preme** ao seio; e o lábio ávido busca o lábio que o espera, para celebrar nesse **ádito** d'alma, o **himeneu** do amor.

No recanto escuro o velho Pajé, imerso em funda contemplação e alheio às coisas deste mundo, soltou um gemido doloroso. Pressentira o coração o que não viram os olhos? Ou foi algum **funesto presságio** para a raça de seus filhos, que assim ecoou n'alma de Araquém?

Ninguém o soube.

O cristão repeliu do seio a virgem indiana. Ele não deixará o rasto da desgraça na cabana hospedeira. Cerra os olhos para não ver; e enche sua alma com o nome e a veneração de seu Deus:

— Cristo!... Cristo!...**

Volta a serenidade ao seio do guerreiro branco, mas todas as vezes que seu olhar pousa sobre a virgem tabajara, ele sente correr-lhe pelas veias uma onda de ardente chama. Assim quando a criança imprudente revolve o **brasido** de intenso fogo, saltam as **faúlhas** inflamadas que lhe queimam as faces.

Fecha os olhos o cristão, mas na sombra de seu pensamento surge a imagem da virgem, talvez mais bela. **Embalde** chama o sono às pálpebras fatigadas; abrem-se, malgrado seu.

Desce-lhe do céu ao atribulado pensamento uma inspiração.

— Virgem formosa do sertão, esta é a última noite que teu hóspede dorme na cabana de Araquém, onde nunca viera, para teu bem e seu. Faze que seu sono seja alegre e feliz.

— Manda; Iracema te obedece. Que pode ela para tua alegria?

O cristão falou submisso, para que não o ouvisse o velho Pajé:

*** Iracema, palpitante junto do amado, irresistivelmente atraída por ele, assemelha-se ao pássaro que, fascinado pela serpente, deixa-se devorar por ela.**

Preme: estreita.

Ádito: sacrário.

Himeneu: enlace; casamento.

Funesto: sinistro, trágico.

Presságio: pressentimento.

**** Num esforço desesperado para resistir aos encantos de Iracema, Martim a repele e invoca seu Deus, buscando forças na fé cristã para não desonrar a virgem amada.**

Brasido: braseiro.

Faúlhas: fagulhas.

Embalde: em vão.

— A virgem de Tupã guarda os sonhos da jurema que são doces e saborosos!

Um triste sorriso **pungiu** os lábios de Iracema:

— O estrangeiro vai viver para sempre à cintura da virgem[66] branca; nunca mais seus olhos verão a filha de Araquém, e ele já quer que o sono feche suas pálpebras, e que o sonho o leve à terra de seus irmãos!

— O sono é o descanso do guerreiro — disse Martim —; e o sonho a alegria d'alma. O estrangeiro não quer levar consigo a tristeza da terra hospedeira, nem deixá-la no coração de Iracema!

A virgem ficou imóvel.

— Vai, e torna com o vinho de Tupã.

Quando Iracema foi de volta, já o Pajé não estava na cabana; tirou a virgem do seio o vaso que ali trazia oculto sob a carioba[67] de algodão entretecida de penas. Martim lho arrebatou das mãos, e **libou** as gotas do verde e amargo licor.

Agora podia viver com Iracema, e colher em seus lábios o beijo, que ali viçava entre sorrisos, como o fruto na corola da flor. Podia amá-la e sugar desse amor o mel e o perfume, sem deixar veneno no seio da virgem*.

O gozo era vida, pois o sentia mais forte e intenso; o mal era sonho e ilusão, que da virgem não possuía senão a imagem.

Iracema afastara-se **opressa** e suspirosa.

Abriram-se os braços do guerreiro adormecido e seus lábios; o nome da virgem ressoou docemente.

A juruti, que divaga pela floresta, ouve o terno arrulho do companheiro; bate as asas, e voa a conchegar-se ao tépido ninho. Assim a virgem do sertão aninhou-se nos braços do guerreiro.

Quando veio a manhã, ainda achou Iracema ali debruçada, qual borboleta que dormiu no seio do formoso cacto. Em seu lindo semblante acendia o **pejo vivos** rubores; e como entre os **arrebóis** da manhã cintila o primeiro raio do sol, em suas faces incendidas **rutilava** o primeiro sorriso da esposa, aurora de fruído amor.

Pungiu: feriu.

Libou: tomou.

*** Martim é atraído por Iracema, mas sabe que não pode ter a virgem dedicada ao deus. Pede então a bebida que o faria, pelo menos, sonhar que a estava amando.**

Opressa: aflita; com o coração apertado.

Pejo (ê): pudor.

Vivos: brilhantes.

Arrebóis: momentos em que uma cor avermelhada toma as nuvens ao nascer do dia ou ao morrer da tarde.

Rutilava: brilhava.

A jandaia fugira ao romper d'alva e para não tornar mais à cabana.

Vendo Martim a virgem unida ao seu coração, cuidou que o sonho continuava; cerrou os olhos para torná-los a abrir.

A pocema dos guerreiros, troando pelo vale, o arrancou ao doce engano; sentiu que já não sonhava, mas vivia. Sua mão cruel abafou nos lábios da virgem o beijo que ali **se espanejava**.

— Os beijos de Iracema são doces no sonho; o guerreiro branco encheu deles sua alma. Na vida, os lábios da virgem de tupã amargam e doem como o espinho da jurema.

A filha de Araquém escondeu no coração a sua ventura*. Ficou tímida e inquieta, como a ave que pressente a borrasca no horizonte. Afastou-se rápida, e partiu.

As águas do rio banharam o corpo casto da recente esposa.

Tupã já não tinha sua virgem na terra dos tabajaras.

16

O alvo disco da lua surgiu no horizonte.

A luz brilhante do sol empalideceu a virgem do céu, como o amor do guerreiro desmaia a face da esposa.

— Jaci[68]!... Mãe nossa!... — exclamaram os guerreiros tabajaras.

E brandindo os arcos, lançaram ao céu com a chuva das flechas o canto da lua nova:

"Veio no céu a mãe dos guerreiros; já volta o rosto para ver seus filhos. Ela traz as águas, que enchem os rios e a polpa do caju".

"Já veio a esposa do sol; já sorri às virgens da terra, filhas suas. A doce luz acende o amor no coração dos guerreiros e fecunda o seio da jovem mãe".

Se espanejava: nesta passagem, significa "se esboçava, se insinuava".

*** Iracema esconde de Martim a sua felicidade porque ele supõe ser um sonho a concretização do amor carnal entre eles.**

Cai a tarde.

Folgam as mulheres e os meninos na vasta ocara; os mancebos, que ainda não ganharam nome na guerra por algum feito brilhante, **discorrem** no vale*.

Os guerreiros seguem Irapuã ao bosque sagrado, onde os espera o Pajé e sua filha para o mistério da jurema. Iracema já acendeu os fogos da alegria[69]. Araquém está imóvel e extático no seio de uma nuvem de fumo.

Cada guerreiro que chega depõe a seus pés uma oferenda a Tupã. Traz um a suculenta caça; outro a farinha-d'água; aquele o saboroso piracém da traíra. O velho Pajé, para quem são estas dádivas, as recebe com desdém.

Quando foram todos sentados em torno do grande fogo, o ministro de Tupã ordena o silêncio com um gesto, e três vezes clamando o nome terrível, enche-se do deus, que o habita:

— Tupã!... Tupã!... Tupã!...

De grota em grota o eco ao longe repercutiu.

Vem Iracema com a igaçaba cheia do verde licor. Araquém decreta os sonhos a cada guerreiro, e distribui o vinho da jurema, que transporta ao céu o valente tabajara.

Este, grande caçador, sonha que os veados e as pacas correm de encontro às suas flechas para se traspassarem nelas; fatigado por fim de ferir, cava na terra o bucã[70], e assa tamanha quantidade de caça, que mil guerreiros em um ano não acabariam.

Outro, fogoso em amores, sonha que as mais belas virgens tabajaras deixam a cabana de seus pais e o seguem cativas de seu querer. Nunca a rede de chefe algum embalou mais voluptuosas carícias, do que ele frui naquele êxtase.

O herói sonha tremendas lutas e horríves combates, de que sai vencedor, cheio de glória e fama. O velho renasce na prole numerosa, e como o seco tronco donde rebenta nova e robusta **sebe**, ainda cobre-se de flores.

Todos sentem a felicidade tão viva e contínua, que no espaço da noite cuidam viver muitas luas. As bocas

Discorrem: espalham-se.

*** Em muitas tribos das Américas, era costume trocar o nome recebido ao nascer por outro, depois que o menino tivesse participado de uma guerra ou passado por algum rito.**

Sebe: nesta passagem tem o sentido de "novos ramos", isto é, como se o seco tronco renascesse.

murmuram; o gesto fala; e o Pajé, que tudo escuta e vê, colhe o segredo no íntimo d'alma.

Iracema, depois que ofereceu aos chefes o licor de Tupã, saiu do bosque. Não permitia o rito que ela assistisse ao sono dos guerreiros e ouvisse falar os sonhos.

Foi dali direito à cabana, onde a esperava Martim:

— Toma tuas armas, guerreiro branco. É tempo de partir.

— Leva-me aonde está Poti, meu irmão.

A virgem caminhou para o vale; o cristão a seguiu. Chegaram à falda do rochedo, que ia morrer à beira do tanque, em um **maciço de verdura**.

— Chama teu irmão!

Soltou Martim o grito da gaivota. A pedra que fechava a entrada da gruta caiu; e o vulto do guerreiro Poti apareceu na sombra.

Os dois irmãos encostaram a fronte na fronte e o peito no peito, para exprimir que não tinham ambos mais que uma cabeça e um coração.

— Poti está contente porque vê seu irmão, que o mau espírito da floresta arrebatou de seus olhos.

— Feliz é o guerreiro que tem ao **flanco** um amigo como o bravo Poti; todos os guerreiros o invejarão.

Iracema suspirou, pensando que a afeição do pitiguara bastava à felicidade do estrangeiro.

— Os guerreiros tabajaras dormem. A filha de Araquém vai guiar os estrangeiros.

Seguiu a virgem adiante; os dois guerreiros após. Quando tinham andado o espaço que transpõe a garça de um voo, o chefe pitiguara tornou-se inquieto e murmurou ao ouvido do cristão:

— Manda à filha do Pajé que volte à cabana de seu pai. Ela demora a marcha dos guerreiros.

Martim estremeceu; mas a voz da prudência e da amizade penetrou em seu coração. Avançou para Iracema, e tirou do seio a voz mais terna para acalentar a saudade da virgem:

Maciço de verdura: arvoredo.

Flanco: lado.

— Quanto mais afunda a raiz da planta na terra, mais custa arrancá-la. Cada passo de Iracema no caminho da partida é uma raiz que lança no coração de seu hóspede.

— Iracema quer te acompanhar até onde acabam os campos dos tabajaras, para voltar com o sossego em seu coração.

Martim não respondeu. Continuaram a caminhar, e com eles caminhava a noite; as estrelas desmaiaram, e a frescura da alvorada alegrou a floresta. As roupas da manhã, alvas como o algodão, apareceram no céu.

Poti olhou a mata e parou. Martim compreendeu e disse a Iracema:

— Teu hóspede já não pisa os campos dos tabajaras. É o instante de separar-te dele.

17

Iracema pousou a mão no peito do guerreiro branco:

— A filha dos tabajaras já deixou os campos de seus pais; agora pode falar.

— Que segredo guardas em teu seio, virgem formosa do sertão?

— Iracema não pode mais separar-se do estrangeiro.

— Assim é preciso, filha de Araquém. Torna à cabana de teu velho pai, que te espera.

— Araquém já não tem filha.

Martim tornou com gesto rudo e severo:

— Um guerreiro de minha raça jamais deixou a cabana do hóspede viúva de sua alegria. Araquém abraçará sua filha, para não amaldiçoar o estrangeiro ingrato*.

Curvou a virgem a fronte; **velando-se** com as longas tranças negras que se **espargiam** pelo colo, cruzando ao **grêmio** os lindos braços, **recolheu em seu pudor**. Assim o róseo cacto, que já desabrochou em linda flor, cerra em botão o seio perfumado.

*** Martim ainda não entendeu que Iracema não é mais virgem e por isso não pode retornar à aldeia. Ele se orgulha de ter resistido bravamente às tentações, correspondendo, assim, à hospitalidade do pajé.**

Velando-se: cobrindo-se.

Espargiam: espalhavam.

Grêmio: colo.

Recolheu em seu pudor: isto é, Iracema, com um sentimento de pudor e recato, prepara-se para confessar a Martim que ela já é sua esposa, pois dormiram juntos na rede.

— Iracema te acompanhará, guerreiro branco, porque ela já é tua esposa.

Martim estremeceu.

— Os maus espíritos da noite turbaram o espírito de Iracema.

— O guerreiro branco sonhava, quando Tupã abandonou sua virgem. A filha do Pajé traiu o segredo da jurema.

O cristão escondeu as faces à luz.

— Deus!... — clamou seu lábio trêmulo*.

Permaneceram ambos mudos e quedos.

Afinal disse Poti:

— Os guerreiros tabajaras despertam.

O coração da virgem, como o do estrangeiro, ficou surdo à voz da prudência. O sol levantou-se no horizonte; e o seu olhar majestoso desceu dos montes à floresta. Poti, de pé, mudo e quedo, como um tronco decepado, esperou que seu irmão quisesse partir.

Foi Iracema quem primeiro falou:

— Vem; enquanto não pisares as praias dos pitiguaras, tua vida corre perigo.

Martim seguiu silencioso a virgem, que fugia entre as árvores como a selvagem cutia. A tristeza lhe **confrangia** o coração; mas a onda de perfumes que deixava na brisa a passagem da formosa tabajara **açulava** o amor no seio do guerreiro. Seu passo era tardo, o peito lhe ofegava.

Poti cismava. Em sua cabeça de mancebo morava o espírito de um abaeté[71]. O chefe pitiguara pensava que o amor é como o cauim, o qual, bebido com moderação, fortalece o guerreiro, e tomado em excesso, abate a coragem do herói. Ele sabia quanto era veloz o pé do tabajara; e esperava o momento de morrer defendendo o amigo.

Quando as sombras da tarde entristeciam o dia, o cristão parou no meio da mata. Poti acendeu o fogo da hospitalidade. A virgem desdobrou a alva rede de algodão franjada de penas de tucano, e suspendeu-a aos ramos da árvore:

*** Novamente, diante do impasse, Martim recorre à sua fé cristã.**

Confrangia: apertava.

Açulava: estimulava, excitava.

— Esposo de Iracema, tua rede te espera.

A filha de Araquém foi sentar-se longe, na raiz de uma árvore, como a cerva solitária, que o ingrato companheiro afugentou do aprisco. O guerreiro pitiguara desapareceu na espessura da folhagem.

Martim ficou mudo e triste, semelhante ao tronco d'árvore a que o vento arrancou o lindo cipó que o entrelaçava. A brisa perpassando levou um murmúrio:

— Iracema!

Era o **balido** do companheiro; a cerva, **arrufando-se, ganhou o doce aprisco**. A floresta destilava suave fragrância e exalava arpejos harmoniosos; os suspiros do coração se difundiram nos múrmuros do deserto. Foi a festa do amor e o canto do himeneu.

Já a luz da manhã coou na selva densa. A voz grave e sonora de Poti repercutiu no sussurro da mata:

— O povo tabajara caminha na floresta!

Iracema arrancou-se dos braços que a cingiam e do lábio que a tinha cativa; saltando da rede como a rápida **zabelê**, travou das armas do esposo e levou-o através da mata.

De espaço a espaço, o prudente Poti escutava as entranhas da terra, sua cabeça movia-se pesada de um a outro lado, como a nuvem que se balança no cocuruto do rochedo, aos vários **lufos** da próxima borrasca.

— O que escuta o ouvido do guerreiro Poti?

— Escuta o passo veloz do povo tabajara. Ele vem como **tapir** rompendo a floresta.

— O guerreiro pitiguara é a ema que voa sobre a terra; nós o seguiremos como suas asas — disse Iracema.

O chefe sacudiu de novo a fronte:

— Enquanto o guerreiro do mar dormia, o inimigo correu. Os que primeiro partiram já avançam além com as pontas do arco.

A vergonha mordeu o coração de Martim:

— Fuja o chefe Poti e salve Iracema. Só deve morrer o guerreiro mau, que não escutou a voz de seu irmão e o pedido de sua esposa.

Balido: grito próprio da ovelha. O narrador compara os dois amantes a um casal de cervos. O chamado de Martim seria como um balido de cervo que chama a companheira para o aprisco.

Arrufando-se, ganhou o doce aprisco: encolhendo-se, juntou-se a ele na rede.

Zabelê: certo tipo de ave.

Lufos: lufadas; rajadas de vento.

Tapir: anta.

Martim arrepiou o passo:

— Não foi a alma do guerreiro do mar que falou. Poti e seu irmão só têm uma vida.

O lábio de Iracema não falou; sorriu.

18

Treme a selva com o estrupido da carreira do povo tabajara.

O grande Irapuã, primeiro, assoma entre as árvores. Seu olhar rúbido viu o guerreiro branco entre nuvens de sangue; o ronco bravio do tigre rompe de seu peito cavernoso.

O chefe tabajara e seu povo iam precipitar sobre os fugitivos, como a vaga **encapelada** que arrebenta no Mocoripe.

Eis late o cão selvagem.

O amigo de Martim solta o grito da alegria:

— O cão de Poti guia os guerreiros de sua taba em socorro teu.

O rouco búzio dos pitiguaras estruge pela floresta. O grande Jacaúna[72], senhor das praias do mar, chegava do rio das garças com seus melhores guerreiros.

Os pitiguaras recebem o primeiro ímpeto do inimigo nas pontas **erriçadas** de suas flechas, que eles despedem do arco **aos molhos**, como o cuandu[73] os espinhos do seu corpo. Logo após soa a pocema, estreita-se o espaço, e a luta se trava face a face.

Jacaúna atacou Irapuã. Prossegue o horrível combate que bastara a dez bravos, e não esgotou ainda a força dos grandes chefes. Quando os dois tacapes se encontram, a batalha toda estremece como um só guerreiro, até às entranhas.

O irmão de Iracema veio direito ao estrangeiro, que arrancara a filha de Araquém à cabana hospitaleira; o faro

Encapelada: alta, elevada.

Erriçadas: eriçadas, duras.

Aos molhos (ó): aos montes.

da vingança o guia; a vista da irmã assanha a raiva em seu peito. O guerreiro Caubi assalta com furor o inimigo.

Iracema, unida ao flanco de seu guerreiro e esposo, viu de longe Caubi e falou assim:

— Senhor de Iracema, ouve o rogo de tua escrava; não derrama o sangue do filho de Araquém. Se o guerreiro Caubi tem de morrer, morra ele por esta mão, não pela tua.

Martim pôs no rosto da virgem olhos de horror:

— Iracema matará seu irmão?*

— Iracema antes quer que o sangue de Caubi tinja sua mão que a tua; porque os olhos de Iracema veem a ti, e a ela não.

Travam a luta os guerreiros. Caubi combate com furor; o cristão defende-se apenas; mas a seta embebida no arco da esposa guarda a vida do guerreiro contra os botes do inimigo.

Poti já prostrou o velho Andira e quantos guerreiros topou na luta seu válido tacape. Martim lhe abandona o filho de Araquém e corre sobre Irapuã:

— Jacaúna é um grande chefe, seu colar de guerra[74] dá três voltas ao peito. O tabajara pertence ao guerreiro branco.

— A vingança é a honra do guerreiro, e Jacaúna preza o amigo de Poti.

O grande chefe pitiguara levou além o formidável tacape. **Renhiu-se** o combate entre Irapuã e Martim. A espada do cristão batendo na clava do selvagem fez-se em pedaços. O chefe tabajara avançou contra o peito **inerme** do adversário.

Iracema **silvou** como a boicininga; e **arrojou-se** contra a fúria do guerreiro tabajara. A arma rígida tremeu na destra possante do chefe e o braço caiu-lhe desfalecido.

Soava a pocema da vitória. Os guerreiros pitiguaras conduzidos por Jacaúna e Poti varriam a floresta. Fugindo, os tabajaras arrebataram seu chefe ao ódio da filha de Araquém que o podia abater, como a jandaia abate o **prócero** coqueiro roendo-lhe o cerne.

Os olhos de Iracema, estendidos pela floresta, viram o chão juncado de cadáveres de seus irmãos; e longe o

*** Martim se horroriza com a atitude de Iracema. A jovem, na verdade, tem a postura das heroínas românticas, que colocavam o amor acima de todos os laços sociais e familiares.**

Renhiu-se: tornou-se violento.

Inerme: desarmado.

Silvou: lançou um silvo, um grito agudo.

Arrojou-se: lançou-se, avançou.

Prócero: alto.

bando dos guerreiros tabajaras que fugia em nuvem negra de pó. Aquele sangue que enrubescia a terra era o mesmo sangue brioso que lhe ardia nas faces de vergonha.

O pranto orvalhou seu lindo semblante.

Martim afastou-se para não envergonhar a tristeza de Iracema.

19

Poti voltou de perseguir o inimigo. Seus olhos se encheram de alegria, vendo salvo o guerreiro branco.

O cão fiel o seguia de perto, lambendo ainda nos pelos do focinho a **marugem** do sangue tabajara, de que se fartara; o senhor o acariciava satisfeito de sua coragem e dedicação. Fora ele quem salvara Martim, trazendo ali com tanta **diligência** os guerreiros de Jacaúna.

— Os maus espíritos da floresta podem separar outra vez o guerreiro branco de seu irmão pitiguara. O cão te seguirá daqui em diante, para que mesmo de longe Poti acuda a teu chamado.

— Mas o cão é teu companheiro e amigo fiel.

— Mais amigo e companheiro será de Poti, servindo a seu irmão que a ele. Tu o chamarás Japi[75]; e será o pé ligeiro com que de longe corramos um para o outro.

Jacaúna deu o sinal da partida.

Os guerreiros pitiguaras caminharam para as margens alegres do rio onde bebem as garças; ali se erguia a grande taba dos senhores das várzeas.

O sol deitou-se e de novo se levantou no céu. Os guerreiros chegaram aonde a serra quebrava para o sertão; já tinham passado aquela parte da montanha, que por ser despida de arvoredo e tosquiada como a capivara, a gente de Tupã chamava Ibiapina[76].

Poti levou o cristão aonde crescia um frondoso jatobá[77], que afrontava as árvores do mais alto píncaro da

Marugem: umidade. Isto é, as gotas de sangue molhavam ainda o focinho do cão.

Diligência: empenho e rapidez.

serrania e, quando batido pela rajada, parecia varrer o céu com a imensa copa.

— Neste lugar nasceu teu irmão — disse o pitiguara.

Martim estreitou ao peito o tronco amigo:

— Jatobá, que viste nascer meu irmão Poti, o estrangeiro te abraça.

— O raio te decepe, árvore do guerreiro Poti, quando seu irmão o abandonar.

Depois o chefe assim falou:

— Ainda Jacaúna não era um guerreiro, Jatobá, o maior chefe, conduzia os pitiguaras à vitória. Logo que as grandes águas correram, ele caminhou para a serra. Aqui chegando, mandou levantar a taba, para estar perto do inimigo e vencê-lo mais vezes. A mesma lua que o viu chegar, alumiou a rede onde Saí, sua esposa, lhe deu mais um guerreiro de seu sangue. O luar passava entre as folhas do jatobá; e o sorriso pelos lábios do varão possante, que tomara seu nome e robustez.

Iracema aproximou-se.

A **rola**, que **marisca** na areia, se afasta-se o companheiro, **adeja** inquieta de ramo em ramo e arrulha para que lhe responda o ausente amigo. Assim a filha das florestas **errara** pelas encostas, modulando o singelo canto mavioso.

Martim a recebeu com a alma no semblante; e levando a esposa do lado do coração e o amigo do lado da força, voltou ao rancho dos pitiguaras.

20

A lua cresceu.

Três sóis havia que Martim e Iracema estavam nas terras dos pitiguaras, senhores das margens do Camucim e Acaracu. Os estrangeiros tinham sua rede na vasta cabana de Jacaúna. O valente chefe guardou para si o prazer de hospedar o guerreiro branco.

Rola (ô): espécie de pomba pequena.

Marisca: cata mariscos.

Adeja: paira.

Errara: vagara.

Poti abandonou sua taba para acompanhar seu irmão de guerra na cabana de seu irmão de sangue, e gozar dos instantes que **sobejavam** para a amizade, no coração do guerreiro do mar.

A sombra já se retirou da face da terra; e Martim viu que ela não se retirara ainda da face da esposa, desde o dia do combate.

— A tristeza mora n'alma de Iracema!

— A alegria para a esposa só vem de ti; quando teus olhos a deixam, as lágrimas enchem os seus.

— Por que chora a filha dos tabajaras?

— Esta é a taba dos pitiguaras, inimigos de seu povo. A vista de Iracema já conheceu o crânio de seus irmãos espetado na **caiçara**; seu ouvido já escutou o canto de morte dos cativos tabajaras; a mão já tocou as armas tintas do sangue de seus pais*.

A esposa pousou as duas mãos nos ombros do guerreiro e reclinou ao peito dele:

— Iracema tudo sofre por seu guerreiro e senhor. A **ata** é doce e saborosa; mas quando a machucam, azeda. Tua esposa quer que seu amor encha teu coração das doçuras do mel.

— Volte o sossego ao seio da filha dos tabajaras; ela vai deixar a taba dos inimigos de seu povo.

O cristão caminhou para a cabana de Jacaúna. O grande chefe alegrou-se vendo seu hóspede; mas a alegria fugiu logo de sua fronte guerreira. Martim dissera:

— O guerreiro branco parte de tua cabana, grande chefe.

— Alguma coisa te faltou na taba de Jacaúna?

— Nada faltou a teu hóspede. Ele era feliz aqui; mas a voz do coração o chama a outros sítios.

— Então parte e leva o que é preciso para a viagem. Tupã te fortaleça, e traga outra vez à cabana de Jacaúna, para que ele festeje tua boa-vinda.

Poti chegou; sabendo que o guerreiro do mar ia partir, disse:

— Teu irmão te acompanha.

Sobejavam: sobravam.

Caiçara: paliçada; cercado de madeira que protegia as aldeias indígenas.

*** Iracema relembra para o esposo o lugar onde estão: em meio aos pitiguaras, inimigos do povo de Iracema. A resposta da índia reforça a postura romântica: ficar com seu senhor amado, aceitar seu destino, mesmo que tenha de se colocar contra seu povo.**

Ata: fruta-do-conde.

— Os guerreiros de Poti precisam de seu chefe.

— Se tu não queres que eles vão com Poti, Jacaúna os conduzirá à vitória.

— A cabana de Poti ficará deserta e triste.

— Deserto e triste será o coração de teu irmão longe de ti.

O guerreiro do mar deixa as margens do rio das garças, e caminha para as terras onde o sol se deita. A esposa e o amigo seguem sua marcha. Passou além da fértil montanha, onde a abundância dos frutos criava grande quantidade de mosca, de que lhe veio o nome de Meruoca[78].

Atravessam os campos que banha o rio das garças, e avistam longe no horizonte uma alta serrania. Expira o dia; nuvem negra voa das bandas do mar; são os urubus que pastaram nas praias a carniça, e com a noite tornam ao ninho.

Os viajantes dormem aí, em Uruburetama[79]. Com o segundo sol chegaram às margens do rio, que nasce na quebrada da serra e desce a planície enroscando-se como uma cobra. Suas voltas contínuas enganam a cada passo o peregrino, que vai seguindo o tortuoso curso; por isso foi chamado Mundaú[80].

Perlongando as frescas margens, viu Martim no seguinte sol os verdes mares e alvas praias, onde as ondas murmurosas soluçam às vezes e outras raivam de fúria, rebentando em frocos de espuma.

Os olhos do guerreiro branco se dilataram pela vasta imensidade; seu peito suspirou. Esse mar beijava também as brancas areias do Potengi[81], seu berço natal, onde ele vira a luz americana.

Arrojou-se nas ondas e pensou banhar seu corpo nas águas da pátria, como banhara sua alma nas saudades dela.

Iracema sentiu que lhe chorava o coração; mas não tardou que o sorriso de seu guerreiro o acalentasse.

Entretanto Poti, do alto da rocha, fisgava o saboroso **camoropim** que brincava na pequena baía do Mundaú; e preparava o moquém para a refeição.

Entretanto: nesse meio tempo; enquanto isso.

Camoropim: peixe de grande porte.

21

Já descia o sol das alturas do céu.

Chegam os viajantes à foz do rio onde se criam em grande abundância as saborosas traíras[82]; suas praias são povoadas pela tribo dos pescadores, da grande nação dos pitiguaras.

Eles receberam os estrangeiros com a hospitalidade generosa, que era uma lei de sua religião; e Poti com o respeito que merecia tão grande guerreiro, irmão de Jacaúna, maior chefe da forte gente pitiguara.

Para repousar os viajantes, e acompanhá-los na despedida, o chefe da tribo tomou Poti, Martim e Iracema na jangada, e abrindo a vela à brisa, levou-os até muito longe na costa.

Os pescadores em suas jangadas seguiam o chefe e atroavam os ares com o canto de saudade e os múrmuros do uraçá, que imita os soluços do vento.

Além da barra da Piroquara[83] estava, mais entrada para as serras, a tribo dos caçadores. Eles ocupavam as margens do Soipé[84], cobertas de matas, onde os veados, as gordas pacas e os macios jacus abundavam. Assim os habitadores dessas margens lhes deram o nome de país da caça.

O chefe dos caçadores, Jaguaraçu, tinha sua cabana à beira do lago, que forma o rio perto do mar. Aí acharam os viajantes o mesmo agasalho que haviam recebido dos pescadores.

Depois que partiram do Soipé, os viajantes atravessaram o rio Taíba, em cujas margens vagavam bandos de porcos-do-mato; mais longe corria o Cauípe[85], onde se fabricava excelente vinho de caju.

No outro sol viram um lindo rio que **surdia no mar** cavando uma bacia na rocha viva.

Além assomava no horizonte um alto morro de areia que tinha a alvura da espuma do mar. O cabo sobranceiro parece a cabeça calva do condor, esperando ali a borrasca, que vem dos confins do oceano.

Surdia no mar: saía do mar.

— Poti conhece o grande morro das areias? — perguntou o cristão.

— Poti conhece toda a terra que têm os pitiguaras, desde as margens do grande rio, que forma um braço do mar[86], até à margem do rio onde habita o jaguar. Ele já esteve no alto do Mocoripe[87], e de lá viu correr no mar as grandes igaras dos guerreiros brancos, teus inimigos, que estão no Mearim.

— Por que chamas tu Mocoripe ao grande morro das areias?

— O pescador da praia, que vai na jangada, lá onde voa a **ati**, fica triste, longe da terra e de sua cabana, em que dormem os filhos de seu sangue. Quando ele torna e seus olhos primeiro avistam o morro das areias, o prazer volta a seu coração. Por isso ele diz que o morro das areias dá alegria.

— O pescador diz bem; porque teu irmão ficou contente como ele, vendo o monte das areias.

Martim subiu com Poti ao cimo do Mocoripe. Iracema seguindo com os olhos o esposo, divagava como a **jaçanã** em torno do lindo **seio**, que ali fez a terra para receber o mar.

De passagem ela colhia os doces cajus, que aplacam a sede nos guerreiros, e apanhava conchas mimosas para ornar seu colo.

Os viajantes estiveram em Mocoripe três sóis. Depois Martim levou seus passos além. A esposa e o amigo tornaram à embocadura do rio cujas margens eram alagadas e cobertas de mangue. O mar entrando por ele, formava uma bacia cheia de água cristalina, e cavada na pedra como um camucim.

O guerreiro cristão, percorrendo essa paragem, começou de cismar. Até ali ele caminhava sem destino, movendo seus passos ao acaso; não tinha outra intenção mais que afastar-se das tabas dos pitiguaras para arrancar a tristeza do coração de Iracema. O cristão sabia por experiência que a viagem acalenta a saudade, porque a alma dorme enquanto o corpo caminha. Agora sentado na praia, pensava.

Ati: certo tipo de ave.

Jaçanã: ave ribeirinha, de cor castanha, bico alongado e amarelo. Distingue-se pelos enormes dedos alongados e unhas extremamente compridas que lhe facilitam correr sobre a vegetação aquática.

Seio: enseada.

Veio Poti:

— O guerreiro branco pensa; o seio do irmão está aberto para receber seu pensamento.

— Teu irmão pensa que este lugar é melhor do que as margens do Jaguaribe para a taba dos guerreiros de sua raça. Nestas águas as grandes igaras, que vêm de longes terras, se esconderiam do vento e do mar; daqui elas iriam ao Mearim destruir os brancos tapuias*[88], aliados dos tabajaras, inimigos de tua nação.

O chefe pitiguara meditou e respondeu:

— Vai buscar teus guerreiros. Poti plantará sua taba junto da mairi**[89] de seu irmão.

Aproximava-se Iracema. O cristão com um gesto ordenou silêncio ao chefe pitiguara.

— A voz do esposo se cala, e seus olhos se baixam quando chega Iracema. Queres tu que ela se afaste?

— Quer teu esposo que chegues mais perto, para que sua voz e seus olhos penetrem mais dentro de tua alma.

A formosa selvagem desfez-se em risos, como se desfaz a flor do fruto que desponta; e foi debruçar-se na espádua do guerreiro.

— Iracema te escuta.

— Estes campos são alegres, e ainda mais serão quanto Iracema neles habitar. Que diz teu coração?

— O coração da esposa está sempre alegre junto de seu guerreiro e senhor***.

Seguindo pela margem do rio, o cristão escolheu um lugar para levantar a cabana. Poti cortou esteios dos troncos da carnaúba; a filha de Araquém ligava os leques da palmeira para vestir o teto e as paredes; Martim cavou a terra e fabricou a porta das **fasquias** da taquara.

Quando veio a noite, os dois esposos armaram a rede em sua nova cabana; e o amigo no **copiar** que olhava para o nascente.

*** Martim fala para Poti que aquele local às margens do Jaguaribe é ótimo para a fixação dos colonizadores, pois dali poderiam ver as igaras (canoas) dos inimigos tabajaras e também os barcos dos brancos tapuias (franceses aliados dos tabajaras).**

**** Poti responde com uma afirmativa de cooperação: ao lado da mairi (povoado dos brancos) ele erguerá a taba de seu povo.**

***** Repare no tom submisso de Iracema. Para ela Martim é o homem que a protege e a quem ela deve obediência.**

Fasquias: tiras de madeira cortada, compridas e estreitas; ripas.

Copiar: varanda, alpendre.

22

Poti saudou o amigo e falou assim:

— *"Antes que o pai de Jacaúna e Poti, o valente guerreiro Jatobá, mandasse sobre todos os guerreiros pitiguaras, o grande tacape da nação estava na destra de Batuireté[90], o maior chefe, pai de Jatobá. Foi ele que veio pelas praias do mar até o rio do jaguar, e expulsou os tabajaras para dentro das terras, marcando a cada tribo seu lugar; depois entrou pelo sertão até a serra que tomou seu nome.

"Quando suas estrelas eram muitas[91], e tantas que seu camucim já não cabia as castanhas que marcavam o número, o corpo vergou para a terra, o braço endureceu como o galho do ubiratã que não verga, a luz dos olhos escureceu.

"Chamou então o guerreiro Jatobá[92] e disse: — Filho, toma o tacape da nação pitiguara. Tupã não quer que Batuireté o leve mais à guerra, pois tirou a força de seu corpo, o movimento do seu braço e a luz de seus olhos. Mas Tupã foi bom para ele, pois lhe deu um filho como o guerreiro Jatobá.

"Jatobá empunhou o tacape dos pitiguaras. Batuireté tomou o bordão de sua velhice e caminhou. Foi atravessando os vastos sertões, até os campos viçosos onde correm as águas que vêm das bandas da noite. Quando o velho guerreiro arrastava o passo pelas margens, e a sombra de seus olhos não lhe deixava que visse mais os frutos nas árvores ou os pássaros no ar, ele dizia em sua tristeza: — Ah! meus tempos passados!

"A gente que o ouvia chorava a ruína do grande chefe; e, desde então, passando por aqueles lugares, repetia suas palavras; donde veio chamar-se, o rio e os campos, Quixeramobim[93].

"Batuireté veio pelo caminho das garças[94] até aquela serra que tu vês longe, e onde primeiro habitou. Lá no píncaro, o velho guerreiro fez seu ninho alto como

***"Antes... vontade?": as aspas e o tom solene com que Poti conta sua história reforçam o caráter de lenda, de busca das raízes, que Alencar pretendeu em sua obra. O guerreiro fala sobre seu pai, Jatobá, e sobre seu avô, Batuireté, que se refugiou numa serra, recusando-se a participar de novas lutas por sentir-se velho e cansado.**

o gavião, para encher o resto de seus dias, conversando com Tupã. Seu filho já dorme embaixo da terra, e ele ainda na outra lua cismava na porta de sua cabana, esperando a noite que traz o grande sono. Todos os chefes pitiguaras, quando acordam à voz da guerra, vão pedir ao velho que lhes ensine a vencer, porque nenhum outro guerreiro jamais soube como ele combater. Assim as tribos não o chamam mais pelo nome, senão o grande sabedor da guerra, Maranguab[95].

"O chefe Poti vai à serra ver seu grande avô; mas antes que o dia morra, ele estará de volta na cabana de seu irmão. Tens tu outra vontade?"

— O guerreiro branco te acompanha para abraçar o grande chefe dos pitiguaras, avô de seu irmão, e dizer ao ancião que ele renasceu no filho de seu filho.

Martim chamou Iracema; e partiram ambos guiados pelo pitiguara para a serra do Maranguab, que se levantava no horizonte. Foram seguindo o curso do rio até onde nele entrava o ribeiro de Pirapora[96].

A cabana do velho guerreiro estava junto das formosas cascatas, onde salta o peixe no meio dos borbotões de espuma. As águas ali são frescas e macias, como a brisa do mar, que passa entre as palmas dos coqueiros, nas horas da calma.

Batuireté estava sentado sobre uma das **lapas** da cascata; o sol ardente caía sobre sua cabeça, nua de cabelos e cheia de rugas como o jenipapo. Assim dorme o jaburu na borda do lago.

— Poti é chegado à cabana do grande Maranguab, pai de Jatobá, e trouxe seu irmão branco para ver o maior guerreiro das nações.

O velho soabriu as pesadas pálpebras, e passou do neto ao estrangeiro um olhar **baço**. Depois o peito arquejou e os lábios murmuraram:

— Tupã quis que estes olhos vissem, antes de se apagarem, o gavião branco[97] junto da **narceja**.

O abaeté derrubou a fronte aos peitos, e não falou mais, nem mais se moveu.

Lapas: grandes pedras; lajes.

Baço: embaciado, sem brilho.

Narceja: certo tipo de ave.

Poti e Martim julgaram que ele dormia e se afastaram com respeito para não perturbar o repouso de quem tanto obrara na longa vida. Iracema, que se banhava na próxima cachoeira, veio-lhes ao encontro, trazendo na folha da **taioba** favos de mel puríssimo.

Discorreram os amigos pelas floridas encostas até que as sombras da montanha se estenderam pelo vale. Tornaram então ao lugar onde tinham deixado o Maranguab.

O velho ainda lá estava na mesma atitude, com a cabeça derrubada ao peito e os joelhos encostados à fronte. As formigas subiam-lhe pelo corpo; e os **tuins adejavam** em torno e pousavam-lhe na calva.

Poti pôs a mão no crânio do ancião e conheceu que era finado; o guerreiro morrera de velhice. Então o chefe pitiguara entoou o canto da morte; e foi à cabana buscar o camucim, que transbordava com as castanhas do caju. Martim contou cinco vezes cinco mãos.

Entanto Iracema colhia nas florestas a **andiroba**, para ungir o corpo do velho que a mão piedosa do neto encerrou no camucim. O vaso fúnebre ficou suspenso ao teto da cabana.

Depois que plantou urtiga à porta, para defender contra os animais a oca abandonada, Poti despediu-se triste daqueles sítios, e tornou com seus companheiros à borda do mar.

A serra onde estava outrora a cabana tomou o nome de Maranguape; assim chamada porque aí repousa o sabedor da guerra.

23

Quatro luas tinham alumiado o céu depois que Iracema deixara os campos do Ipu; e três depois que ela habitava nas praias do mar a cabana de seu esposo.

Taioba: planta que produz folhas grandes e comestíveis.

Tuins: nome comum a várias espécies de periquitos, sempre de pequeno porte.

Adejavam: voavam.

Entanto: nesse meio tempo.

Andiroba: árvore cujas sementes dão óleo. Iracema prepara o óleo para que Poti embalsame o corpo do avô.

A alegria morava em sua alma. A filha dos sertões era feliz, como a andorinha, que abandona o ninho de seus pais, e peregrina para fabricar novo ninho no país onde começa a estação das flores. Também Iracema achara ali nas praias do mar um ninho do amor, nova pátria para seu coração.

Como o colibri borboleteando entre as flores da acácia, ela discorria as amenas campinas. A luz da manhã já a encontrava suspensa ao ombro do esposo e sorrindo, como a enrediça que entrelaça o tronco robusto, e todas as manhãs o coroa de nova grinalda*.

Martim partia para a caça com Poti. A virgem separava-se dele então, para sentir ainda mais ardente o desejo de vê-lo.

Perto havia uma formosa lagoa no meio de verde campina. Para lá volvia a selvagem o ligeiro passo. Era a hora do banho da manhã; atirava-se à água e nadava com as garças brancas e as vermelhas jaçanãs.

Os guerreiros pitiguaras, que apareciam por aquelas paragens, chamavam essa lagoa Porangaba[98], ou lagoa da beleza, porque nela se banhava Iracema, a mais bela filha da raça de Tupã.

E desde esse tempo as mães vinham de longe mergulhar suas filhas nas águas da Porangaba, que tinha a virtude de dar formosura às virgens e fazê-las amadas pelos guerreiros.

Depois do banho, Iracema divagava até as faldas da serra do Maranguab, onde nascia o ribeiro das marrecas, e Jereraú[99]. Ali cresciam na frescura e na sombra as frutas mais saborosas de todo o país; delas fazia a virgem copiosa provisão, e esperava, embalando-se nas ramas do maracujá, que Martim tornasse da caça.

Outras vezes não era a Jereraú que a levava sua vontade, mas do oposto lado, a Sapiranga[100], cujas águas inflamavam os olhos, como diziam os pajés. Cerca daí havia um bosque frondoso de muritis, que formavam no meio do tabuleiro uma grande ilha de formosas palmeiras.

*** Novamente, aqui, comparações de atitudes das personagens a elementos da natureza: Iracema está alegre como o colibri; abraça o marido como a planta trepadeira (a enrediça) se agarra ao tronco da árvore forte.**

Iracema gostava do Muritiapuá[101], onde o vento suspirava docemente; ali **espolpava** ela o vermelho coco, para fabricar a bebida refrigerante, adoçada com o mel da abelha; e enchia dela a igaçaba, destinada a estancar a sede dos guerreiros durante a maior calma do dia.

Uma manhã Poti guiou Martim à caça. Caminharam para uma serra, que se levanta ao lado da outra do Maranguab, sua irmã. O alto cabeço se curva à semelhança do bico adunco da arara; pelo que os guerreiros a chamaram Aratanha[102]. Eles subiram pela encosta da Guaiúba[103] por onde as águas descem para o vale, e foram até o córrego habitado pelas pacas.

Só havia sol no bico da arara, quando os caçadores desceram de Pacatuba[104] ao tabuleiro. De longe viram Iracema, que viera esperá-los à margem de sua lagoa da Porangaba. Caminhava para eles com o passo altivo da garça que passeia à beira d'água: por cima da carioba trazia uma cintura das flores da maniva, que era o símbolo da fecundidade. Colar das mesmas cingia-lhe o colo e ornava os rijos seios palpitantes.

Travou da mão do esposo, e a impôs no regaço:

— Teu sangue já vive no seio de Iracema. Ela será mãe de teu filho.

— Filho, dizes tu? — exclamou o cristão em júbilo.

Ajoelhou ali, e cingindo-a com os braços, beijou o ventre fecundo da esposa.

Quando ele ergueu-se, Poti falou:

— A felicidade do mancebo é a esposa e o amigo; a primeira dá alegria, o segundo dá força. O guerreiro sem esposa é como a árvore sem folhas nem flores: nunca ela verá o fruto. O guerreiro sem amigo é como a árvore solitária que o vento açoita no meio do campo: o fruto dela nunca amadurece. A felicidade do varão é a prole, que nasce dele e faz seu orgulho; cada guerreiro que sai de suas veias é mais um galho que leva seu nome às nuvens, como a **grimpa do cedro**. Amado de Tupã é o guerreiro que tem uma esposa, um amigo e muitos filhos; ele nada mais deseja senão a morte gloriosa.

Espolpava: separava a polpa (do fruto).

Grimpa do cedro: o ramo mais alto do cedro.

Martim uniu o peito ao peito de Poti:

— O coração do esposo e do amigo falou por tua boca. O guerreiro branco é feliz, chefe dos pitiguaras, senhores das praias do mar; a felicidade nasceu para ele na terra das palmeiras, onde recende a baunilha; e foi gerada no sangue de tua raça, que tem no rosto a cor do sol. O guerreiro branco não quer mais outra pátria, senão a pátria de seu filho e de seu coração*.

Ao romper d'alva, Poti partiu para colher as sementes de **crajuru** que dão a bela tinta vermelha, e a casca do **angico** de onde se extrai a cor negra mais lustrosa. De caminho sua flecha certeira abateu o pato selvagem que plainava nos ares. O guerreiro arrancou das asas as longas penas, e subindo ao Mocoripe, rugiu a inúbia. A **refega** que vinha do mar levou longe, bem longe, o rouco som. O búzio dos pescadores do Trairi e a trombeta dos caçadores do Soipé responderam.

Martim banhou-se n'água do rio, e passeou na praia para secar o corpo ao vento e ao sol. Ao seu lado ia Iracema e apanhava o âmbar[105] amarelo, que o mar arrojava. Todas as noites a esposa perfumava seu corpo e a alva rede, para que o amor do guerreiro se deleitasse nela.

Voltou Poti.

24

Foi costume da raça, filha de Tupã, que o guerreiro trouxesse no corpo as cores de sua nação.

Traçavam em princípio negras riscas sobre o corpo, à semelhança do pelo do quati, de onde procedeu o nome dessa arte da pintura guerreira. Depois variaram as cores, e muitos guerreiros costumavam escrever os emblemas de seus feitos.

O estrangeiro tendo adotado a pátria da esposa e do amigo, devia passar por aquela cerimônia, para

*** Martim declara sua opção pela terra brasileira: mais um gesto que confirma a brasilidade da obra de Alencar.**

Crajuru: certo tipo de planta trepadeira.

Angico: certo tipo de árvore.

Refega: vento.

tornar-se um guerreiro vermelho, filho de Tupã. Nessa intenção fora Poti se prover dos objetos necessários*.

Iracema preparou as tintas. O chefe, embebendo as ramas da pluma, traçou pelo corpo os riscos vermelhos e pretos, que ornavam a grande nação pitiguara. Depois pintou na fronte uma flecha e disse:

— Assim como a seta traspassa o duro tronco, assim o olhar do guerreiro penetra n'alma dos povos.

No braço pintou um gavião:

— Assim como o anajê cai das nuvens, assim cai o braço do guerreiro sobre o inimigo.

No pé esquerdo pintou a raiz do coqueiro:

— Assim como a pequena raiz agarra na terra o alto coqueiro, o pé firme do guerreiro sustenta seu corpo robusto.

No pé direito pintou uma asa:

— Assim como a asa do **majoí** rompe os ares, o pé veloz do guerreiro não tem igual na corrida.

Iracema tomou a rama da pena e pintou uma abelha sobre folha de árvore; sua voz ressoou entre sorrisos:

— Assim como a abelha fabrica o mel no coração negro do jacarandá, a doçura está no peito do mais valente guerreiro.

Martim abriu os braços e os lábios para receber corpo e alma da esposa.

— Meu irmão é um grande guerreiro da nação pitiguara; ele precisa de um nome na língua de sua nação.

— O nome de teu irmão está em seu corpo, onde o pôs tua mão.

— Coatiabo[106]! — exclamou Iracema.

— Tu disseste; eu sou o guerreiro pintado; o guerreiro da esposa e do amigo.

Poti deu a seu irmão o arco e o tacape, que são as armas nobres do guerreiro. Iracema havia tecido para ele o cocar e a **araçoia**, ornatos dos chefes ilustres.

A filha de Araquém foi buscar à cabana as iguarias do festim e os vinhos de jenipapo e mandioca. Os guerreiros beberam copiosamente e trançaram as danças

*** Martim aceita passar pela cerimônia indígena, pintando o corpo como mandavam os rituais.**

Majoí: andorinha.

Araçoia: cinto de penas.

alegres. **Durante que** volviam em torno dos fogos da alegria, ressoavam as canções.

Poti cantava:

— Como a cobra que tem duas cabeças em um só corpo, assim é a amizade do Coatiabo e Poti.

Acudiu Iracema:

— Como a ostra que não deixa o rochedo, ainda depois de morta, assim é Iracema junto a seu esposo.

Os guerreiros disseram:

— Como o jatobá na floresta, assim é o guerreiro Coatiabo entre o irmão e a esposa: seus ramos abraçam os ramos do **ubiratã**, e sua sombra protege a relva humilde.

Os fogos da alegria arderam até que veio a manhã; e com eles durou o festim dos guerreiros.

25

A alegria ainda morou na cabana, todo o tempo que as espigas de milho levaram a amarelecer.

Uma alvorada, caminhava o cristão pela borda do mar. Sua alma estava cansada.

O colibri[107] sacia-se de mel e perfume; depois adormece em seu branco ninho de **cotão**, até que volta no outro ano a lua das flores. Como o colibri, a alma do guerreiro também satura-se de felicidade e carece de sono e repouso.

A caça e as excursões pela montanha em companhia do amigo, as carícias da terna esposa que o esperavam na volta, e o doce carbeto[108] no copiar da cabana, já não acordavam nele as emoções de outrora. Seu coração ressonava*.

Quando Iracema brincava pela praia, os olhos do guerreiro retiravam-se dela para se estenderem pela imensidade dos mares.

Durante que: enquanto.

Ubiratã: espécie de árvore muito alta e de excelente madeira. Alencar explica a etimologia dessa palavra na nota 59 (p. 112).

Cotão: conjunto de fibras como algodão.

*** Martim não se sente feliz como antes: nem a caça, nem as carícias da esposa ou as conversas à frente da cabana (carbeto no copiar da cabana) o animam.**

Viram umas asas brancas, que adejavam pelos campos azuis*. Conheceu o cristão que era uma grande igara de muitas velas, como construíam seus irmãos; e a saudade da pátria apertou-lhe no seio.

Alto ia o sol; e o guerreiro na praia seguia com os olhos as asas brancas que fugiam. Debalde a esposa o chamou à cabana, debalde ofereceu a seus olhos as graças dela e os frutos melhores do campo. Não se moveu o guerreiro, senão quando a vela sumiu-se no horizonte.

Poti voltou da serra, onde pela primeira vez fora só. Tinha deixado a serenidade na fronte de seu irmão e achava ali a tristeza. Martim saiu-lhe ao encontro:

— A igara grande do branco tapuia passou no mar. Os olhos de teu irmão a viram, que voava para as margens do Mearim, aliados dos tupinambás, inimigos de tua e minha raça.

— Poti é senhor de mil arcos; se é teu desejo, ele te acompanhará com seus guerreiros às margens do Mearim para vencer o tapuitinga e seu amigo, o pérfido tupinambá.

— Quando for tempo, teu irmão te dirá.

Os guerreiros entraram na cabana, onde estava Iracema. A maviosa canção nesse dia tinha emudecido nos lábios da esposa. Ela tecia suspirando a franja da rede materna, mais larga e espessa que a rede do himeneu.

Poti, que a viu tão ocupada, falou:

— Quando a sabiá canta, é o tempo do amor; quando emudece, fabrica o ninho para sua prole: é o tempo do trabalho.

— Meu irmão fala como a rã quando anuncia a chuva; mas a sabiá que faz seu ninho não sabe se dormirá nele.

A voz de Iracema gemia. Seu olhar buscou o esposo. Martim pensava: as palavras de Iracema passaram por ele, como a brisa pela face lisa da rocha, sem eco nem rumores.

O sol brilhava sempre sobre as praias do mar, e as areias refletiam os raios ardentes; mas nem a luz que

*** "Asas brancas" (as velas do navio) que "adejavam" (voavam) pelos "campos azuis" (o mar).**

vinha do céu, nem a luz que refletia da terra **espancaram** a sombra n'alma do cristão. Cada vez o crespúsculo era maior em sua fronte.

Chegou das margens do rio das garças um guerreiro pitiguara, mandado por Jacaúna a seu irmão Poti. Ele veio seguindo o rasto dos viajantes até o Trairi, onde os pescadores o guiaram à cabana.

Poti estava só no copiar; ergueu-se e abaixou a fronte para escutar com respeito e gravidade as palavras que lhe mandava seu irmão pela boca do mensageiro:

— O tapuitinga, que estava no Mearim, veio pelas matas até o princípio da Ibiapaba, onde fez aliança com Irapuã, para combater a nação pitiguara. Eles vão descer da serra às margens do rio em que bebem as garças, e onde tu levantaste a taba de teus guerreiros. Jacaúna te chama para defender os campos de nossos pais; teu povo carece de seu maior guerreiro.

— Volta às margens do Acaracu, e teu pé não descanse enquanto não pisar o chão da cabana de Jacaúna. Quando aí estiveres, dize ao grande chefe: — "Teu irmão é chegado à taba de seus guerreiros". E tu não mentirás.

O mensageiro partiu.

Poti vestiu suas armas e caminhou para a várzea, guiado pelo passo de Coatiabo. Ele o encontrou muito além, vagando entre os canaviais que bordam as margens de Aquiraz.

— O branco tapuia está na Ibiapaba para ajudar os tabajaras a combater contra Jacaúna. Teu irmão corre a defender a terra de seus filhos, e a taba onde dorme o camucim de seu pai. Ele saberá vencer depressa para voltar à tua presença.

— Teu irmão parte contigo. Nada separa dois guerreiros amigos quando troa a inúbia da guerra.

— Tu és grande como o mar e bom como o céu.

Abraçaram-se e partiram com o rosto para as bandas do nascente.

Espancaram: espantaram.

26

Caminhando, caminhando, chegaram os guerreiros à margem de um lago, que havia nos tabuleiros.

O cristão parou de repente e voltou o rosto para as bandas do mar: a tristeza saiu de seu coração e subiu à fronte.

— Meu irmão — disse o chefe —, teu pé criou raiz na terra do amor; fica: Poti voltará breve.

— Teu irmão te acompanha — ele disse —, e sua palavra é como a seta de teu arco: quando soa, é chegada.

— Queres tu que Iracema te acompanhe às margens do Acaracu?

— Nós vamos combater seus irmãos. A taba dos pitiguaras não terá para ela mais que tristeza e dor. A filha dos tabajaras deve ficar.

— Que esperas então?

— Teu irmão se aflige porque a filha dos tabajaras pode ficar triste e abandonar a cabana, sem esperar por sua volta. Antes de partir ele queria sossegar o espírito da esposa.

Poti refletiu:

— As lágrimas da mulher amolecem o coração do guerreiro, como o orvalho da manhã amolece a terra.

— Meu irmão é um grande sabedor. O esposo deve partir sem ver Iracema.

O cristão avançou, Poti mandou-lhe que esperasse; da aljava de setas que Iracema emplumara de penas vermelhas e pretas e suspendera aos ombros do esposo, tirou uma.

O chefe pitiguara vibrou o arco; a seta rápida atravessou um **goiamum** que discorria pelas margens do lago; só parou onde a pluma não a deixou mais entrar.

Fincou o guerreiro no chão a flecha, com a presa atravessada, e tornou para Coatiabo:

— Podes partir. Iracema seguirá teu rasto; chegando aqui, verá tua seta, e obedecerá à tua vontade.

Goiamum: variação de "guaiamu", certo tipo de caranguejo.

Martim sorriu; e quebrando um ramo do maracujá, a flor da lembrança, o entrelaçou na haste da seta, e partiu enfim seguido por Poti.

Breve desapareceram os dois guerreiros entre as árvores. O calor do sol já tinha secado seus passos na beira do lago. Iracema inquieta veio pela várzea, seguindo o rasto do esposo até o tabuleiro. As sombras doces vestiam os campos quando ela chegou à beira do lago.

Seus olhos viram a seta do esposo fincada no chão, o goiamum trespassado, o ramo partido, e encheram-se de pranto.

— Ele manda que Iracema ande para trás, como o goiamum, e guarde sua lembrança, como o maracujá guarda sua flor todo o tempo até morrer.

A filha dos tabajaras retraiu os passos lentamente, sem volver o corpo, nem tirar os olhos da seta de seu esposo; depois tornou à cabana. Aí sentada à soleira, com a fronte nos joelhos esperou, até que o sono acalentou a dor em seu peito.

Apenas **alvorou** o dia, ela moveu o passo rápido para a lagoa, e chegou à margem. A flecha lá estava como na véspera; o esposo não tinha voltado.

Desde então à hora do banho, em vez de buscar a lagoa da beleza, onde outrora tanto gostara de nadar, caminhava para aquela, que vira seu esposo abandoná-la. Sentava-se junto à flecha, até que descia a noite; então recolhia à cabana.

Tão rápida partia de manhã, como lenta voltava à tarde. Os mesmos guerreiros que a tinham visto alegre nas águas da Porangaba, agora encontrando-a triste e só, como a garça viúva, na margem do rio, chamavam aquele sítio de Mecejana[109], que significa a abandonada.

Uma vez que a formosa filha de Araquém se lamentava à beira da lagoa da Mecejana, uma voz estridente gritou seu nome do alto da carnaúba:

— Iracema!... Iracema!...

Alvorou: nasceu, surgiu.

Ergueu ela os olhos e viu entre as folhas da palmeira sua linda jandaia, que batia as asas, e arrufava as penas com o prazer de vê-la.

A lembrança da pátria, apagada pelo amor, ressurgiu em seu pensamento. Viu os formosos campos do Ipu, as encostas da serra onde nascera, a cabana de Araquém, e teve saudades; mas naquele instante, ainda não se arrependeu de os ter abandonado.

Seu lábio **gazeou** um canto. A jandaia abrindo as asas, esvoaçou-lhe em torno e pousou no ombro. Alongando **fagueira** o colo, com o negro bico alisou-lhe os cabelos e beliscou a boca mimosa e vermelha como a pitanga.

Iracema lembrou-se que tinha sido ingrata para a jandaia, esquecendo-a no tempo da felicidade; mas a jandaia vinha para a consolar agora no tempo da desventura.

Essa tarde não voltou só à cabana. Durante o dia seus dedos ágeis teceram o formoso uru de palha, que forrou da felpa macia da monguba[110], para agasalhar sua companheira e amiga.

Na seguinte alvorada foi a voz da jandaia que a despertou. A linda ave não deixou mais sua senhora; ou porque depois da longa ausência não se fartasse de a ver, ou porque adivinhasse que ela tinha necessidade de quem a acompanhasse em sua triste solidão*.

27

Uma tarde Iracema viu de longe dois guerreiros que avançavam pelas praias do mar. Seu coração palpitou mais apressado.

Instante depois ela esquecia nos braços do esposo tantos dias de saudade e abandono, que passara na solitária cabana.

Gazeou: cantarolou.

Fagueira: carinhosa.

* A jandaia é citada na primeira linha do romance; segundo Alencar, Ceará significa "canto da jandaia". Ela ajudará Iracema a conviver com a solidão.

Martim e seu irmão haviam chegado à taba de Jacaúna, quando soava a inúbia; eles guiaram ao combate os mil arcos de Poti. Ainda dessa vez os tabajaras, apesar da aliança dos brancos tapuias do Mearim, foram levados de vencida pelos valentes pitiguaras.

Nunca tão disputada vitória e tão renhida pugna se pelejou nos campos que regam o Acaracu e o Camucim; o valor era igual de parte a parte, e nenhum dos dois povos fora vencido, se o deus da guerra, o torvo Aresqui, não tivesse decidido dar estas plagas à raça do guerreiro branco, aliada dos pitiguaras.

Logo após a vitória o cristão tornara às praias do mar, onde havia construído sua cabana e onde o esperava terna esposa. De novo sentiu em sua alma a sede do amor; e tremia de pensar que Iracema houvesse partido, deixando ermo aquele sítio tão povoado outrora pela felicidade.

Como a seca várzea, com a vinda do inverno reverdece e se matiza de flores, a formosa filha do sertão com a volta do esposo reanimou-se; e sua beleza esmaltou-se de meigos e ternos sorrisos*.

Outra vez sua graça encheu os olhos do cristão, e a alegria voltou a habitar em sua alma.

O cristão amou a filha do sertão, como nos primeiros dias, quando parece que o tempo nunca poderá estancar o coração. Mas breves sóis bastaram para murchar aquelas flores de uma alma exilada da pátria.

O imbu[111], filho da serra, se nasce na várzea porque o vento ou as aves trouxeram a semente, vinga, achando boa terra e fresca sombra; talvez um dia cope a verde folhagem e enflore. Mas basta um sopro do mar, para tudo murchar. As folhas lastram o chão; as flores, leva-as a brisa.

Como o imbu na várzea, era o coração do guerreiro branco na terra selvagem**. A amizade e o amor o acompanharam e fortaleceram durante algum tempo, mas agora longe de sua casa e de seus irmãos, sentia-se no ermo. O amigo e a esposa não bastavam

*** O narrador compara Iracema a uma planície seca, que se enche de flores após as chuvas do inverno; Martim seria esse inverno ao despertar a alegria na esposa.**

**** Pitoresca comparação entre o imbu (fruto doce) e o coração de Martim. O imbu nasce facilmente em boa terra, mas morre se sentir o vento do mar. Martim, ao ouvir o gemido do vento e das ondas do mar, sente muita saudade da terra natal.**

mais à sua existência, cheia de grandes desejos e nobres ambições.

Passava os já tão breves, agora longos sóis, na praia, ouvindo gemer o vento e soluçar as ondas. Com os olhos engolfados na imensidade do horizonte, buscava, mas embalde, descobrir no azul diáfano a alvura de uma vela perdida nos mares.

Distante da cabana, se elevava à borda do oceano um alto morro de areia; pela semelhança com a cabeça do crocodilo o chamavam os pescadores Jacarecanga[112]. Do seio das brancas areias escaldadas pelo ardente sol, manava uma água fresca e pura; assim destila a alma do seio da dor lágrimas doces de alívio e consolo.

A esse monte subia o cristão; e lá ficava cismando em seu destino. Às vezes lhe vinha à mente a ideia de tornar à sua terra e aos seus; mas ele sabia que Iracema o acompanharia; e essa lembrança lhe remordeu o coração. Cada passo mais que afastasse dos campos nativos a filha dos tabajaras, agora que ela não tinha o ninho de seu coração para abrigar-se, era uma porção da vida que lhe roubava.

Poti conhece que Martim deseja estar só, e afasta-se discreto. O guerreiro sabe o que aflige a alma do seu irmão; e tudo espera do tempo, porque só o tempo endurece o coração do guerreiro, como o cerne do jacarandá.

Iracema também foge dos olhos do esposo, porque já percebeu que esses olhos tão amados se turbam com a vista dela, e em vez de se encherem de sua beleza como outrora, a despedem de si. Mas seus olhos dela não se cansam de acompanhar à parte e de longe o guerreiro senhor, que os fez cativos.

Ai da esposa!... Sentiu já o golpe no coração e, como a **copaíba** ferida no âmago, **destila** as lágrimas em fio.

Copaíba: árvore da qual se extrai um óleo que tem propriedades medicinais.

Destila: deixa cair (gota a gota).

28

Uma vez o cristão ouviu dentro em sua alma o soluço de Iracema; seus olhos buscaram em torno e não a viram.

A filha de Araquém estava além, entre as verdes moitas de ubaia, sentada na relva. O pranto desfiava de seu belo semblante; e as gotas que rolavam a uma e uma caíam sobre o regaço, onde já palpitava e crescia o filho do amor. Assim caem as folhas da árvore viçosa antes que amadureça o fruto.

— O que espreme as lágrimas do coração de Iracema?

— Chora o cajueiro quando fica tronco seco e triste. Iracema perdeu sua felicidade, depois que te separaste dela.

— Não estou eu junto de ti?

— Teu corpo está aqui; mas tua alma voa à terra de teus pais e busca a virgem branca, que te espera.

Martim doeu-se. Os grandes olhos negros que a indiana pousara nele o tinham ferido no íntimo.

— O guerreiro branco é teu esposo; ele te pertence.

Sorriu em sua tristeza a formosa tabajara:

— Quanto tempo há que retiraste de Iracema teu espírito! Dantes, teu passo te guiava para as frescas serras e alegres tabuleiros; teu pé gostava de pisar a terra da felicidade, e seguir o rasto da esposa. Agora só buscas as praias ardentes, porque o mar que lá murmura vem dos campos em que nasceste; e o morro das areias, porque do alto se avista a igara que passa.

— É a ânsia de combater o tupinambá que volve o passo do guerreiro para as bordas do mar — respondeu o cristão.

Iracema continuou:

— Teu lábio secou para a esposa; assim a cana, quando ardem os grandes sóis, perde o mel, e as folhas murchas não podem mais cantar quando passa a brisa. Agora só falas ao vento da praia para que ele leve tua voz à cabana de teus pais.

— A voz do guerreiro branco chama seus irmãos para defender a cabana de Iracema e a terra de seu filho, quando o inimigo vier.

A esposa meneou a cabeça:

— Quando tu passas no tabuleiro, teus olhos fogem do fruto do jenipapo e buscam a flor do espinheiro; a fruta é saborosa, mas tem a cor dos tabajaras;

a flor tem a alvura das faces da virgem branca*. Se cantam as aves, teu ouvido não gosta já de escutar o canto mavioso da graúna, mas tua alma se abre para o grito do japim[113], porque ele tem as penas douradas como os cabelos daquela que tu amas!

— A tristeza escurece a vista de Iracema, e amarga seu lábio. Mas a alegria há de voltar à alma da esposa, como volta à árvore a verde rama.

— Quando teu filho deixar o seio de Iracema, ela morrerá, como o abati depois que deu seu fruto. Então o guerreiro branco não terá mais quem o prenda na terra estrangeira.

— Tua voz queima, filha de Araquém, como o sopro que vem dos sertões do Icó, no tempo dos grandes calores. Queres tu abandonar teu esposo?

— Não veem teus olhos lá o formoso jacarandá, que vai subindo às nuvens? A seus pés ainda está a seca raiz da murta frondosa, que todos os invernos se cobria de rama e bagos vermelhos, para abraçar o tronco irmão. Se ela não morresse, o jacarandá não teria sol para crescer tão alto. Iracema é a folha escura[114] que faz sombra em tua alma; deve cair, para que a alegria alumie teu seio.

O cristão cingiu o talhe da formosa índia e a estreitou ao peito. Seu lábio pousou no lábio da esposa um beijo, mas áspero e morno.

29

Poti voltou do banho.

Segue na areia o rasto de Coatiabo, e sobe ao alto da Jacarecanga. Aí encontra o guerreiro em pé no cabeço do monte, com os olhos alongados e os braços estendidos para os largos mares.

Volve o pitiguara as vistas e descobre uma grande igara, que vem sulcando os verdes mares, impelida pelo vento:

*** A jovem indígena observa o comportamento do esposo e se enche de amargura. Julga vê-lo desviar os olhos do jenipapo, que, por sua cor, se parece com ela, e fixar o olhar na flor branca do espinheiro, semelhante à mulher branca que ela supõe esperar por ele.**

— É a grande igara dos irmãos de meu irmão que vem buscá-lo?

O cristão suspirou:

— São os guerreiros brancos inimigos de minha raça, que buscam as praias da valente nação pitiguara, para a guerra da vingança; eles foram derrotados com os tabajaras nas margens do Camucim; agora vêm com os seus amigos, os tupinambás[115], pelo caminho do mar.

— Meu irmão é um grande chefe. Que pensa ele que deve fazer seu irmão Poti?

— Chama os caçadores de Soipé e os pescadores do Trairi. Nós iremos a seu encontro.

Poti acordou a voz da inúbia; e os dois guerreiros partiram ambos para o Mocoripe. Pouco além viram os guerreiros de Jaguaraçu e Camoropim que corriam ao grito de guerra. O irmão de Jacaúna os avisou da vinda do inimigo.

A grande igara corre nas ondas, ao longo da terra que se dilata até às margens do Parnaíba. A lua começava a crescer quando ela deixou as águas do Mearim; ventos contrários a tinham arrastado para os altos-mares, muito além de seu destino.

Os guerreiros pitiguaras, para não espantarem o inimigo, se ocultam entre os cajueiros; e vão seguindo pela praia a grande igara: durante o dia avultam as brancas velas; de noite os fogos atravessam a negrura do mar, como vaga-lumes perdidos na mata.

Muitos sóis caminharam assim. Passam além do Camucim, e afinal pisam as lindas ribeiras da enseada dos papagaios[116].

Poti manda um guerreiro ao grande Jacaúna e se prepara para o combate. Martim, que subiu ao morro de areia, conhece que o maracatim[117] vem abrigar-se no seio do mar; e avisa seu irmão.

O sol já nasceu; os guerreiros guaraciabas e os tupinambás, seus amigos, correm sobre as ondas nas ligeiras **pirogas** e **pojam** na praia. Já formam o grande arco,

Piroga: embarcação comprida, estreita e veloz, movida a remo, feita de um tronco de árvore escavado.

Pojam: aportam, desembarcam.

e avançam cómo o cardume do peixe quando corta a correnteza do rio.

No centro estão os **guerreiros do fogo**, que trazem o raio; nas asas os guerreiros do Mearim, que brandem o tacape.

Mas nação alguma jamais vibrou o arco certeiro, como a grande nação pitiguara; e Poti é o maior chefe, de quantos chefes empunharam a inúbia guerreira. A seu lado caminha o irmão, tão grande chefe como ele, e sabedor das manhas da raça branca dos cabelos do sol.

Durante a noite os pitiguaras fincam na praia a forte caiçara[118] de espinho, e levantam contra ela um muro de areia, onde o raio esfria e se apaga. Aí esperam o inimigo. Martim manda que outros guerreiros subam à copa dos mais altos coqueiros; ali defendidos pelas largas palmas, esperam o momento do combate.

A seta de Poti foi a primeira que partiu, e o chefe dos guaraciabas o primeiro herói que mordeu o pó na terra estrangeira. Rugem os trovões na destra dos guerreiros brancos; mas os raios que desferem mergulham-se na areia, ou se perdem nos ares.

As setas dos pitiguaras já caem do céu, já voam da terra, e se embebem todas no seio do inimigo. Cada guerreiro tomba crivado de muitas flechas, como a presa que as piranhas disputam nas águas do lago.

Os inimigos embarcam outra vez nas pirogas, e voltam ao maracatim em busca dos grandes e pesados **trovões**, que um homem só, nem dois, podem manejar.

Quando voltam, o chefe dos pescadores, que corre nas águas do mar como o veloz camoropim, de que tomou o nome, se arroja nas ondas, e mergulha. Ainda a espuma não se apagara, e já a piroga inimiga se afundou, parecendo que a tragara uma baleia.

Veio a noite, que trouxe o repouso.

Ao romper d'alva, o maracatim fugia no horizonte para as margens do Mearim. Jacaúna chegou, não mais para o combate e só para o festim da vitória.

Guerreiros do fogo: nessa passagem, é uma alusão aos franceses, que usam armas de fogo.

Trovões: alusão aos canhões usados pelos franceses.

Nessa hora em que o canto guerreiro dos pitiguaras celebrava a derrota dos guaraciabas, o primeiro filho que o sangue da raça branca gerou nessa terra da liberdade via a luz nos campos da Porangaba*.

30

Iracema, sentindo que se lhe rompia o seio, buscou a margem do rio, onde crescia o coqueiro.

Estreitou-se com a haste da palmeira. A dor lacerou suas entranhas; porém logo o choro infantil inundou sua alma de júbilo.

A jovem mãe, orgulhosa de tanta ventura, tomou o tenro filho nos braços e com ele arrojou-se às águas límpidas do rio. Depois suspendeu-o à teta mimosa; seus olhos o envolviam de tristeza e amor.

— Tu és Moacir**[119], o nascido de meu sofrimento.

A ará, pousada no olho do coqueiro, repetiu: Moacir; e desde então a ave amiga unia em seu canto ao nome da mãe, o nome do filho.

O inocente dormia; Iracema suspirava:

— A jati fabrica o mel no tronco cheiroso do **sassafrás**; toda a lua das flores voa de ramo em ramo, colhendo o suco para encher os favos; mas ela não prova sua doçura, porque a **irara** devora em uma noite toda a colmeia. Tua mãe também, filho de minha angústia, não beberá em teus lábios o mel de teu sorriso.

A jovem mãe passou aos ombros a larga faixa de macio algodão, que fabricara para trazer o filho sempre unido ao flanco; e seguiu pela areia o rasto do esposo, que há três sóis se partira. Ela caminhava docemente para não despertar a criancinha, adormecida como o passarinho sob a asa materna.

Quando chegou junto ao grande morro das areias, viu que o rasto de Martim e Poti seguia ao longo da

*** Nascia o primeiro fruto do encontro do homem branco com uma nativa, na terra da liberdade (o Brasil); o primeiro cearense, Moacir, filho de Martim e Iracema.**

Estreitou-se: abraçou-se.

**** Iracema sofre, além das dores do parto, a distância de seu povo e de seu amado.**

Sassafrás: árvore da família do loureiro.

Irara: animal de corpo esguio, pescoço alongado e pernas compridas, que escala árvores com muita agilidade. No Brasil também é conhecida como papa--mel, pois esse é um de seus alimentos favoritos.

praia; e adivinhou que eles eram partidos para a guerra. Seu coração suspirou; mas seus olhos secos buscaram o semblante do filho.

Volve o rosto para o Mocoripe:

— Tu és o morro da alegria; mas para Iracema não tens senão tristeza.

Tornando, a recente mãe pousou a criança adormecida na rede de seu pai, viúva e solitária em meio da cabana; e deitou-se ao chão, na esteira onde repousava, desde que os braços do esposo se não tinham mais aberto para recebê-la.

A luz da manhã entrava pela cabana, e Iracema viu entrar com ela a sombra de um guerreiro.

Caubi estava em pé na porta.

A esposa de Martim ergueu-se de um ímpeto e saltou avante para proteger o filho. Seu irmão levantou da rede a ela uns olhos tristes, e falou com a voz ainda mais triste:

— Não foi a vingança que arrancou o guerreiro Caubi aos campos dos tabajaras; ele já perdoou. Foi a vontade de ver Iracema, que trouxe consigo toda a sua alegria.

— Então bem-vindo seja o guerreiro Caubi na cabana de seu irmão — respondeu a esposa abraçando-o.

— O nascido de teu seio dorme nesta rede; os olhos de Caubi gostariam de vê-lo.

Iracema abriu a franja de penas; e mostrou o lindo semblante da criança. Caubi depois que o contemplou por muito tempo, entre risos, disse:

— Ele chupou tua alma[120].

E beijou nos olhos da jovem mãe, a imagem da criança, que não se animava tocar, receoso de ofendê-la.

A voz trêmula da filha ressoou:

— Ainda vive Araquém sobre a terra?

— Pena ainda; depois que tu o deixaste, sua cabeça vergou para o peito e não se ergueu mais.

— Tu lhe dirás que Iracema já morreu, para que ele se console.

A irmã de Caubi preparou a refeição para o guerreiro, e armou no copiar a rede da hospitalidade para que ele repousasse das fadigas da jornada. Quando o viajante satisfez o apetite, ergueu-se com estas palavras:

— Diz onde está teu esposo e meu irmão, para que o guerreiro Caubi lhe dê o abraço da amizade.

Os lábios suspirosos da **mísera** esposa se moveram, como as pétalas do cacto que um sopro amarrota, e ficaram mudos. Mas as lágrimas debulharam dos olhos, e caíram em bagas.

O rosto de Caubi **anuviou-se**:

— Teu irmão pensava que a tristeza ficara nos campos que abandonaste; porque trouxeste contigo todo o riso dos que te amavam!

Iracema enxugou os olhos:

— O esposo de Iracema partiu com o guerreiro Poti para as praias do Acaracu. Antes que três sóis tenham alumiado a terra ele voltará, e com ele a alegria à alma da esposa.

— O guerreiro Caubi o espera para saber o que ele fez do sorriso que morava em teus lábios.

A voz do tabajara enrouquecera; seu passo inquieto volveu a esmo pela cabana.

31

Iracema cantava docemente, embalando a rede para acalentar o filho.

A areia da praia crepitou sob o pé forte e rijo do guerreiro tabajara, que vinha das bordas do mar depois da abundante pesca.

A jovem mãe cruzou as franjas da rede, para que as moscas não inquietassem o filho acalentado, e foi ao encontro do irmão:

— Caubi vai tornar às montanhas dos tabajaras! — disse ela com brandura.

O guerreiro anuviou-se:

— Tu despedes teu irmão da cabana para que ele não veja a tristeza que a enche.

— Araquém teve muitos filhos em sua mocidade; uns a guerra levou e morreram como valentes; outros

Mísera: infeliz.

Anuviou-se: entristeceu-se.

escolheram uma esposa e geraram por sua vez numerosa prole; filhos de sua velhice, Araquém só teve dois. Iracema é a rola que o caçador tirou do ninho. Só resta o guerreiro Caubi ao velho Pajé, para suster seu corpo vergado, e guiar seu passo trêmulo.

— Caubi partirá quando a sombra deixar o rosto de Iracema.

— Como a estrela que só brilha de noite, vive Iracema em sua tristeza. Só os olhos do esposo podem apagar a sombra em seu rosto. Parte, para que eles não se turvem com tua vista.

— Teu irmão parte para te fazer a vontade; mas ele voltará todas as vezes que o cajueiro florescer, para sentir em seu coração o filho de teu ventre.

Entrou na cabana. Iracema tirou da rede a criança; e ambos, mãe e filho, palpitaram sobre o peito do guerreiro tabajara. Depois, Caubi passou a porta e sumiu-se entre as árvores.

Iracema, arrastando o passo trêmulo, o acompanhou de longe até que o perdeu de vista na orla da mata. Aí parou; quando o grito da jandaia de envolta com o choro infantil, a chamou à cabana, a areia fria onde esteve sentada guardou o segredo do pranto que embebera.

A jovem mãe suspendeu o filho à teta; mas a boca infantil não emudeceu. O leite escasso não **apojava** o peito.

O sangue da infeliz diluía-se todo nas lágrimas incessantes que não lhe estancavam nos olhos; pouco chegava aos seios, onde se forma o primeiro licor da vida.

Ela dissolveu a alva carimã[121] e preparou ao fogo o mingau para nutrir o filho. Quando o sol dourou a crista dos montes, partiu para a mata, levando ao colo a criança adormecida.

Na espessura do bosque estava o leito da irara ausente; os tenros **cachorrinhos** grunhem enrolando-se uns sobre os outros. A formosa tabajara aproxima-se de manso. Prepara para o filho um berço na macia rama do maracujá; e senta-se perto.

Apojava: enchia.

Cachorrinhos: filhotes (no caso, da irara).

Põe no regaço um por um os filhos da irara; e lhes abandona os seios mimosos, cuja teta rubra como a pitanga ungiu do mel da abelha. Os cachorrinhos famintos sugam os peitos **avaros de leite**.

Iracema curte dor, como nunca sentiu; parece que lhe exaurem a vida; mas os seios **vão-se intumescendo**; apojaram afinal, e o leite, ainda rubro do sangue de que se formou, esguicha.

A feliz mãe arroja de si os cachorrinhos, e cheia de júbilo mata a fome ao filho. Ele é agora duas vezes filho de sua dor, nascido dela e também nutrido.

A filha de Araquém sentiu afinal que suas veias **se estancavam**; e contudo o lábio amargo de tristeza recusava o alimento que devia restaurar-lhe as forças. O gemido e o suspiro tinham crestado o sorriso e o sabor em sua boca formosa.

32

Descamba o sol.

Japi sai do mato e corre para a porta da cabana.

Iracema sentada com o filho no colo, banha-se nos raios do sol e sente o frio arrepiar-lhe o corpo. Vendo o animal, fiel mensageiro do esposo, a esperança reanima seu coração; quer erguer-se para ir ao encontro de seu guerreiro senhor, mas os membros débeis se recusam à sua vontade.

Caiu desfalecida contra o esteio. Japi lambia-lhe a mão fria e pulava travesso para fazer sorrir a criança, soltando uns doces latidos de prazer. Por vezes, afastava-se para correr até a orla da mata e latir chamando o senhor; logo tornava à cabana para festejar a mãe e o filho.

Por esse tempo pisava Martim os campos amarelos do Tauape[122]; seu irmão Poti, o inseparável, caminhava a seu lado.

Avaros de leite: que têm pouco leite.

Vão-se intumescendo: vão aumentando de volume, vão ficando inchados.

Se estancavam: se paralisavam.

Descamba: cai.

Oito luas havia que ele deixara as praias de Jacarecanga. Vencidos os guaraciabas, na baía dos papagaios, o guerreiro cristão quis partir para as margens do Mearim, onde habitava o bárbaro aliado dos tupinambás.

Poti e seus guerreiros o acompanharam. Depois que transpuseram o braço corrente do mar que vem da serra de Tauatinga e banha as várzeas onde se pesca o piau[123], viram enfim as praias do Mearim, e a velha taba[124] do bárbaro tapuia.

A raça de cabelos do sol cada vez ganhava mais a amizade dos tupinambás; crescia o número dos guerreiros brancos, que já tinham levantado na ilha a grande itaoca[125], para **despedir o raio**.

Quando Martim viu o que desejava, tornou aos campos da Porangaba, que ele agora trilha. Já ouve o ronco do mar nas praias do Mocoripe; já lhe bafeja o rosto o sopro vivo das vagas do oceano.

Quanto mais seu passo o aproxima da cabana, mais lento se torna e pesado. Tem medo de chegar; e sente que sua alma vai sofrer, quando os olhos tristes e magoados da esposa entrarem nela.

Há muito que a palavra desertou seu lábio seco; o amigo respeita este silêncio, que ele bem entende. É o silêncio do rio quando passa nos lugares profundos e sombrios.

Tanto que os dois guerreiros tocaram as margens do rio, ouviram o latir do cão, a chamá-los, e o grito da ará, que se lamentava. Estavam mui próximos à cabana, apenas oculta por uma língua de mato. O cristão parou calcando a mão no peito para sofrear o coração, que saltava como o **poraquê**.

— O latido de Japi é de alegria — disse o chefe.

— Porque chegou; mas a voz da jandaia é de tristeza. Achará o guerreiro ausente a paz no seio da esposa solitária; ou terá a saudade matado em suas entranhas o fruto do amor?

O cristão moveu o passo vacilante. De repente, entre os ramos das árvores, seus olhos viram, sentada à

Despedir o raio: atirar com armas de fogo.

Poraquê: peixe parecido com a enguia que pode chegar a três metros de comprimento; é capaz de produzir uma forte descarga elétrica na hora de capturar uma presa ou de se defender.

porta da cabana, Iracema com o filho no regaço, e o cão a brincar. Seu coração o arrojou de um ímpeto, e a alma lhe estalou nos lábios:

— Iracema!...

A triste esposa e mãe soabriu os olhos, ouvindo a voz amada. Com esforço grande, pôde erguer o filho nos braços, e apresentá-lo ao pai, que o olhava extático em seu amor.

— Recebe o filho de teu sangue. Era tempo; meus seios ingratos já não tinham alimento para dar-lhe!

Pousando a criança nos braços paternos, a desventurada mãe desfaleceu, como a **jetica**, se lhe arrancam o **bulbo**. O esposo viu então como a dor tinha consumido seu belo corpo; mas a formosura ainda morava nela, como o perfume na flor caída do manacá[126].

Iracema não se ergueu mais da rede onde a pousaram os aflitos braços de Martim. O terno esposo, em quem o amor renascera com o júbilo paterno, a cercou de carícias que encheram sua alma de alegria, mas não a puderam tornar à vida: o **estame** de sua flor se rompera.

— Enterra o corpo de tua esposa ao pé do coqueiro que tu amavas. Quando o vento do mar soprar nas folhas, Iracema pensará que é tua voz que fala entre seus cabelos.

O doce lábio emudeceu para sempre; o último lampejo despediu-se dos olhos baços.

Poti amparou o irmão na grande dor. Martim sentiu quanto um amigo verdadeiro é precioso na desventura; é como o outeiro que abriga do vendaval o tronco forte e robusto do ubiratã, quando o cupim[127] lhe broca o âmago*.

O camucim, que recebeu o corpo de Iracema, embebido de resinas odoríferas, foi enterrado ao pé do coqueiro, à borda do rio. Martim quebrou um ramo de murta, a folha da tristeza, e deitou-o no jazigo de sua esposa.

A jandaia pousada no olho da palmeira repetia tristemente:

— Iracema!

Jetica: batata-doce.

Bulbo: raiz.

Estame: fio da vida.

*** Comparação entre a amizade e o outeiro (pequeno monte). Poti é, para Martim, como o monte que amparava uma árvore oça, devorada em seu interior pelos cupins.**

Desde então os guerreiros pitiguaras, que passavam perto da cabana abandonada e ouviam ressoar a voz **plangente** da ave amiga, afastavam-se, com a alma cheia de tristeza, do coqueiro onde cantava a jandaia.

E foi assim que um dia veio chamar-se Ceará o rio onde crescia o coqueiro, e os campos onde **serpeja** o rio*.

33

O cajueiro floresceu quatro vezes depois que Martim partiu das praias do Ceará, levando no frágil barco o filho e o cão fiel. A jandaia não quis deixar a terra onde repousava sua amiga e senhora.

O primeiro cearense, ainda no berço, emigrava da terra da pátria. Havia aí a predestinação de uma raça?

Poti levantava a taba de seus guerreiros na margem do rio e esperava o irmão que lhe prometera voltar. Todas as manhãs subia ao morro das areias e volvia os olhos ao mar, para ver se branqueava ao longe a vela amiga.

Afinal volta Martim de novo às terras, que foram de sua felicidade, e são agora de amarga saudade. Quando seu pé sentiu o calor das brancas areias, em seu coração derramou-se um fogo que o requeimou: era o fogo das recordações que ardiam como a centelha sob as cinzas.

Só aplacou essa chama quando ele tocou a terra, onde dormia sua esposa; porque nesse instante seu coração transudou, como o tronco do jataí nos ardentes calores, e orvalhou sua tristeza de lágrimas abundantes.

Muitos guerreiros de sua raça acompanharam o chefe branco, para fundar com ele a mairi dos cristãos. Veio também um sacerdote de sua religião, de negras vestes, para plantar a cruz na terra selvagem.

Poti foi o primeiro que ajoelhou aos pés do **sagrado lenho**; não **sofria** ele que nada mais o separasse de

Plangente: triste, lastimosa.

Serpejar: serpentear.

*** O autor conclui o romance reafirmando a lenda sobre o Ceará, que significa, segundo ele, "canto da jandaia".**

Sagrado lenho: sagrada madeira, isto é, a cruz.

Sofria: aceitava.

seu irmão branco. Deviam ter ambos um só deus, como tinham um só coração.

Ele recebeu com o batismo o nome do santo, cujo era o dia; e o do rei, a quem ia servir, e sobre os dois o seu, na língua dos novos irmãos. Sua fama cresceu e ainda hoje é o orgulho da terra onde ele primeiro viu a luz.

A mairi que Martim erguera à margem do rio, nas praias do Ceará, **medrou**. Germinou a palavra do Deus verdadeiro na terra selvagem; e o bronze sagrado ressoou nos vales onde rugia o maracá*.

Jacaúna veio habitar nos campos da Porangaba para estar perto de seu amigo branco; Camarão erguera a taba de seus guerreiros nas margens da Mecejana.

Tempo depois, quando veio Albuquerque[128], o grande chefe dos guerreiros brancos, Martim e Camarão partiram para as margens do Mearim a castigar o feroz tupinambá e expulsar o branco tapuia.

Era sempre com emoção que o esposo de Iracema revia as **plagas** onde fora tão feliz, e as verdes folhas a cuja sombra dormia a formosa tabajara.

Muitas vezes ia sentar-se naquelas doces areias, para cismar e acalentar no peito a agra saudade.

A jandaia cantava ainda no olho do coqueiro; mas não repetia já o mavioso nome de Iracema.

Tudo passa sobre a terra.

Medrou: desenvolveu-se.

*** O narrador expressa claramente a posição de superioridade religiosa do colonizador diante do indígena, afirmando que a cidade do homem branco (sua mairi) sobrepuja a taba: o sino da igreja (o bronze sagrado) suplanta o maracá (chocalho do pajé).**

Plagas: lugares.

ARGUMENTO HISTÓRICO

Em 1603, Pero Coelho, homem nobre da Paraíba, partiu como capitão-mor de descoberta, levando uma força de oitenta colonos e oitocentos índios. Chegou à foz do Jaguaribe e aí fundou o povoado que teve nome de Nova Lisboa.

Foi esse o primeiro estabelecimento colonial do Ceará.

Como Pero Coelho se visse abandonado dos sócios, mandaram-lhe João Soromenho com socorros. Esse oficial, autorizado a fazer cativos para indenização das despesas, não respeitou os próprios índios do Jaguaribe, amigos dos portugueses.

Tal foi a causa da ruína do nascente povoado. Retiraram-se os colonos pelas hostilidades dos indígenas; e Pero Coelho ficou ao desamparo, obrigado a voltar à Paraíba por terra, com sua mulher e filhos pequenos.

Na primeira expedição foi ao Rio Grande do Norte um moço de nome Martim Soares Moreno, que se ligou de amizade com Jacaúna, chefe dos índios do litoral e seu irmão Poti. Em 1608, por ordem de D. Diogo de Meneses, voltou a dar princípio a regular colonização daquela capitania, o que levou a efeito, fundando o presídio de Nossa Senhora do Amparo em 1611.

Jacaúna, que habitava as margens do Acaracu, veio estabelecer-se com sua tribo nas proximidades do recente povoado, para o proteger contra os índios do interior e os franceses que infestavam a costa.

Poti recebeu no batismo o nome de Antônio Filipe Camarão, que ilustrou na guerra holandesa. Seus serviços foram remunerados com o foro de fidalgo, a comenda de Cristo e o cargo de capitão-mor dos índios.

Martim Soares Moreno chegou a mestre de campo e foi um dos excelentes cabos portugueses que libertaram o Brasil da invasão holandesa. O Ceará deve honrar sua memória como a de um varão prestante e seu verdadeiro fundador, pois que o primeiro povoado à foz do rio Jaguaribe não passou de uma tentativa frustrada.

Este é o argumento histórico da lenda; em notas especiais se indicarão alguns outros subsídios recebidos dos cronistas do tempo.

Há uma questão histórica relativa a este assunto; falo da pátria do Camarão, que um escritor pernambucano quis pôr em dúvida, tirando a glória ao Ceará para a dar à sua província.

Este ponto, aliás somente contestado nos tempos modernos pelo Sr. Comendador Melo em suas *Biografias*, me parece suficientemente elucidado já, depois da erudita carta do Sr. Basílio Quaresma Torreão, publicada no *Mercantil* nº 26, de 26 de janeiro de 1860, segunda página.

Entretanto farei sempre uma observação.

Em primeiro lugar, a tradição oral é uma fonte importante da história, e às vezes a mais pura e verdadeira. Ora, na província de Ceará, em Sobral, não só referiam-se entre gente do povo notícias do Camarão, como existia uma velha mulher que se dizia dele sobrinha. Essa tradição foi colhida por diversos escritores, entre eles o conspícuo autor da *Corografia brasílica*.

O autor do *Valeroso Lucideno* é dos antigos o único que positivamente afirma ser Camarão filho de Pernambuco; mas além de encontrar este asserto a versão de outros escritores de notas, acresce que Berredo explica perfeitamente o dito daquele escritor, quando fala da expedição de Pero Coelho de Sousa a Jaguaribe, sítio naquele tempo e também no de hoje da jurisdição de Pernambuco.

Outro ponto é necessário esclarecer para que não me censurem de infiel à verdade histórica. É a nação de Jacaúna e Camarão, que alguns pretendem ter sido a tabajara.

Há nisso manifesto engano.

Em todas as crônicas se fala das tribos de Jacaúna e Camarão como habitantes do litoral, e tanto que auxiliam a fundação do Ceará, como já haviam auxiliado a da Nova Lisboa em Jaguaribe. Ora, a nação que habitava o litoral entre o Parnaíba e o Jaguaribe ou Rio Grande, era a dos pitiguaras, como atesta Gabriel Soares. Os tabajaras habitavam a Serra da Ibiapaba, e portanto o interior.

Como chefes dos tabajaras são mencionados Mel-Redondo no Ceará e Grão Diabo em Piauí. Esses chefes foram sempre inimigos irreconciliáveis e rancorosos dos portugueses e aliados dos franceses do Maranhão, que penetraram até Ibiapaba. Jacaúna e Camarão são conhecidos por sua aliança firme com os portugueses.

Mas o que solve a questão é o seguinte texto. Lê-se nas *Memórias diárias* da guerra brasílica do Conde de Pernambuco: "1634, janeiro 18: Pelo bom procedimento com que havia servido A. F. Camarão, o fez El-rei capitão-mor de todos os índios não somente de sua nação, que era Pitiguar, mas das outras residentes em várias aldeias".

Essa autoridade, além de contemporânea, testemunhal, não pode ser recusada, especialmente quando se exprime tão positiva e intencionalmente a respeito do ponto duvidoso.

CARTA AO DR. JAGUARIBE

Eis-me de novo, conforme o prometido.

Já leu o livro e as notas que o acompanham; conversemos pois.

Conversemos sem cerimônia, em toda familiaridade, como se cada um estivesse recostado em sua rede, ao vaivém do lânguido balanço, que convida à doce prática.

Se algum leitor curioso se puser à escuta, deixá-lo*. Não havemos por isso de mudar o tom rasteiro da intimidade pela frase garrida das salas.

Sem mais.

Há de recordar-se você de uma noite que, entrando em minha casa, quatro anos a esta parte, achou-me rabiscando um livro. Era isso em uma quadra importante, pois que uma nova legislatura, filha de nova lei, fazia sua primeira sessão; e o país, tinha os olhos nela, de quem esperava iniciativa generosa para melhor situação**.

Já estava eu meio descrido das coisas, e mais dos homens: e por isso buscava na literatura diversão à tristeza que me infundia o estado da pátria entorpecida pela indiferença. Cuidava eu porém que você, político de antiga e melhor têmpera, pouco se preocupava com as coisas literárias, não por menospreço, sim por vocação.

A conversa que tivemos então revelou meu engano; achei um cultor e amigo da literatura amena; e juntos lemos alguns trechos da obra, que tinha, e ainda não as perdeu, pretensões a um poema***.

É como viu e como então lhe esbocei, a largos traços, uma **heroida** que tem por assunto as tradições dos indígenas brasileiros e seus costumes. Nunca me lembrara eu de dedicar-me a esse gênero de literatura, de que me abstive sempre, passados que foram os primeiros e fugaces arroubos da juventude. Suporta-se uma prosa medíocre, e até estima-se pelo quilate da ideia; mas o verso medíocre é a pior **triaga** que se possa impingir ao pio leitor.

*** Alencar publica a carta junto com a primeira edição. Ao falar com o amigo, está na verdade dirigindo-se ao leitor, explicando-lhe os motivos que o levaram a escrever Iracema.**

**** O episódio aqui referido aconteceu em 1861, ano em que Alencar foi eleito deputado pelo Partido Conservador.**

***** *Iracema* é um romance singular, que "nasceu" como poema e propositalmente manteve o ritmo poético em alguns parágrafos, além de comparações e demais figuras de linguagem mais comuns à poesia que à prosa.**

Heroida: variação de "heroide", gênero poético a respeito de herói ou personagem notável.

Triaga: corruptela de "teriaga", remédio amargo.

Cometi a imprudência quando escrevia algumas cartas sobre a Confederação dos Tamoios de dizer: "as tradições dos indígenas dão matéria para um grande poema que talvez um dia alguém apresente sem ruído nem aparato, como modesto fruto de suas vigílias".

Tanto bastou para que supusessem que o escritor se referia a si, e tinha já em mão o poema; várias pessoas perguntaram-me por ele. Meteu-me isto em brios literários; sem calcular das forças mínimas para empresa tão grande, que assoberbou dois ilustres poetas, tracei o plano da obra, e a comecei com tal vigor que a levei quase de um fôlego ao quarto canto.

Esse fôlego susteve-se cerca de cinco meses, mas amorteceu; e vou lhe confessar o motivo.

Desde cedo, quando começaram os primeiros pruridos literários, uma espécie de instinto me impelia a imaginação para a raça selvagem indígena. Digo instinto, porque não tinha eu então estudos bastantes para apreciar devidamente a nacionalidade de uma literatura; era simples prazer que movia-me à leitura das crônicas e memórias antigas.

Mais tarde, discernindo melhor as coisas, lia as produções que se publicavam sobre o tema indígena; não realizavam elas a poesia nacional, tal como me aparecia no estudo da vida selvagem dos autóctones brasileiros. Muitas pecavam pelo abuso dos termos indígenas acumulados uns sobre outros, o que não só quebrava a harmonia da língua portuguesa como perturbava a inteligência do texto. Outras eram primorosas no estilo e ricas de belas imagens; porém faltava-lhes certa rudez ingênua de pensamento e expressão, que devia ser a linguagem dos indígenas*.

Gonçalves Dias é o poeta nacional por excelência; ninguém lhe disputa na opulência da imaginação, no fino lavor do verso, no conhecimento da natureza brasileira e dos costumes selvagens. Em suas poesias americanas aproveitou muitas das mais lindas tradições dos

*** Alencar explica sua opção pelo diálogo dos indígenas, não excessivamente regional, nem formalizado em excesso, mas uma expressão mais ingênua.**

indígenas; e em seu poema não concluído dos Timbiras, propôs-se a descrever a epopeia brasileira.

Entretanto, os selvagens de seu poema falam uma linguagem clássica, o que lhe foi censurado por outro poeta de grande estro, o Dr. Bernardo Guimarães; eles exprimem ideias próprias do homem civilizado, e que não é verossímil tivessem no estado da natureza.

Sem dúvida que o poeta brasileiro tem de traduzir em sua língua as ideias, embora rudes e grosseiras, dos índios; mas nessa tradução está a grande dificuldade; é preciso que a língua civilizada se molde quanto possa à singeleza primitiva da língua bárbara; e não represente as imagens e pensamentos indígenas senão por termos e frases que ao leitor pareçam naturais na boca do selvagem.

O conhecimento da língua indígena é o melhor critério para a nacionalidade da literatura. Ele nos dá não só o verdadeiro estilo, como as imagens poéticas do selvagem, os modos de seu pensamento, as tendências de seu espírito, e até as menores particularidades de sua vida.

É nessa fonte que deve beber o poeta brasileiro; é dela que há de sair o verdadeiro poema nacional, tal como eu o imagino.

Cometendo portanto o grande arrojo, aproveitei o ensejo de realizar as ideias que me flutuavam no espírito, e não eram ainda plano fixo; a reflexão consolidou-as e robusteceu.

Na parte escrita da obra foram elas vazadas em grande cópia. Se a investigação laboriosa das belezas nativas, feita sobre imperfeitos e espúrios dicionários, exauria o espírito, a satisfação de cultivar essas flores agrestes da poesia brasileira deleitava. Um dia porém, fatigado da contínua e aturada meditação para descobrir a etimologia de algum vocábulo, assaltou-me um receio.

Ímprobo: fatigante, cansativo.

Todo este **ímprobo** trabalho que às vezes custava uma só palavra, me seria levado à conta? Saberiam que esse **escrópulo** d'ouro fino tinha sido desentranhado da profunda camada, onde dorme uma raça extinta? Ou pensariam que fora achado na superfície e trazido ao vento da fácil inspiração?

E sobre esse, logo outro receio.

A imagem ou pensamento com tanta fadiga esmerilhados seriam apreciados em seu justo valor, pela maioria dos leitores? Não os julgariam inferiores a qualquer das imagens em voga, usadas na literatura moderna?

Ocorre-me um exemplo tirado deste livro. Guia, chamavam os indígenas, senhor do caminho, *piguara*. A beleza da expressão selvagem em sua tradução literal e etimológica me parece bem saliente. Não diziam sabedor, embora tivessem termo próprio, *couab*, porque essa frase não exprimiria a energia de seu pensamento. O caminho no estado selvagem não existe; não é coisa de saber; faz-se na ocasião da marcha através da floresta ou do campo, e em certa direção; aquele que o tem e o dá é realmente senhor do caminho.

Não é bonito? Não está aí uma joia da poesia nacional?

Pois haverá quem prefira a expressão "rei do caminho", embora os brasis não tivessem rei, nem ideia de tal instituição. Outros se inclinaram à palavra guia, como mais simples e natural em português, embora não corresponda ao pensamento do selvagem.

Ora, escrever um poema que devia alongar-se para correr o risco de não ser entendido, e quando entendido não apreciado, era para desanimar o mais robusto talento, quanto mais a minha mediocridade. Que fazer? Encher o livro de grifos que o tornariam mais confuso e de notas que ninguém lê? Publicar a obra parcialmente para que os entendidos proferissem o veredicto literário? Dar leitura dela a um círculo escolhido, que emitisse juízo ilustrado?

Todos estes meios tinham seu inconveniente, e todos foram repelidos: o primeiro afeava o livro; o segundo o truncava em pedaços; o terceiro não lhe aproveitaria pela cerimoniosa benevolência dos censores. O que

Escrópulo: medida usada para avaliar pedras preciosas. Alencar compara seu trabalho de garimpar expressões indígenas a um trabalho de ourives.

pareceu melhor e mais acertado foi desviar o espírito dessa obra e dar-lhe novos rumos.

Mas não se abandona assim um livro começado, por pior que ele seja; aí nessas páginas cheias de rasuras e borrões dorme a larva do pensamento, que pode ser ninfa de asas douradas, se a inspiração fecundar o grosseiro casulo. Nas diversas pausas de suas preocupações o espírito volvia pois ao livro, onde estão ainda incubados e estarão cerca de dois mil versos heroicos.

Conforme a benevolência ou severidade de minha consciência, às vezes os acho bonitos e dignos de verem a luz; outras me parecem vulgares, monótonos, e somenos a quanta prosa **charra** tenho eu estendido sobre o papel. Se o amor de pai abranda afinal esse rigor, não desvanece porém nunca o receio de "perder inutilmente meu tempo a fazer versos para caboclos".

Em um desses volveres do espírito à obra começada, lembrou-me de fazer uma experiência em prosa. O verso pela sua dignidade e nobreza não comporta certa flexibilidade de expressão que entretanto não vai mal à prosa a mais elevada. A elasticidade da frase permitiria então que se empregassem com mais clareza as imagens indígenas, de modo a não passarem desapercebidas. Por outro lado conhecer-se-ia o efeito que havia de ter o verso pelo efeito que tivesse a prosa.

O assunto para a experiência, de antemão estava achado. Quando em 1848 revi nossa terra natal, tive a ideia de aproveitar suas lendas e tradições em alguma obra literária. Já em São Paulo tinha começado uma biografia do Camarão. Sua mocidade, a heroica amizade que o ligava a Soares Moreno, a bravura e lealdade de Jacaúna, aliado dos portugueses, e suas guerras contra o célebre Mel-Redondo; aí estava o tema. Faltava-lhe o perfume que derrama sobre as paixões do homem a alma da mulher*.

Sabe você agora o outro motivo que eu tinha de lhe endereçar o livro; precisava dizer todas estas coisas, contar o como e por que escrevi Iracema. E com quem melhor conversaria sobre isso do que com uma testemunha

Charra: tosca, rude, sem arte.

*** Alencar revela sua posição romântica: além do tema histórico, modelo comum ao Romantismo, que, na Europa, retomava personagens e situações medievais, ele também pretende enfocar o sentimentalismo amoroso.**

de meu trabalho, a única, das poucas, que respira agora as auras cearenses?

Este livro é pois um ensaio ou antes mostra. Verá realizadas nele minhas ideias a respeito da literatura nacional; e achará aí poesia inteiramente brasileira, **haurida** na língua dos selvagens. A etimologia dos nomes das diversas localidades, e certos modos de dizer tirados da composição das palavras são de cunho original.

Compreende você que não podia eu derramar em abundâncias essas riquezas no livrinho agora publicado, porque elas ficariam desfloradas na obra de maior vulto, a qual só teria a novidade da fábula. Entretanto há aí de sobra para dar matéria à crítica e servir de base ao juízo dos entendidos.

Se o público ledor gostar dessa forma literária que me parece ter algum atrativo, então se fará um esforço para levar ao cabo o começado poema, embora o verso tenha perdido muito de seu primitivo encanto. Se porém o livro for **acoimado de cediço**, e Iracema encontrar a usual indiferença que vai acolhendo o bom e o mau com a mesma complacência, quando não é silêncio desdenhoso e ingrato; nesse caso o autor se desenganará de mais esse gênero de literatura, como já se desenganou do teatro, e os versos, como as comédias, passarão para a gaveta dos papéis velhos, relíquias autobiográficas.

Depois de concluído o livro e quando o reli já apurado na estampa, conheci que me tinham escapado senões que se devem corrigir; noto algum excesso de comparações, repetição de certas imagens, desalinho no estilo dos últimos capítulos. Também me parece que devia conservar aos nomes das localidades sua atual versão, embora corrompida.

Se a obra tiver segunda edição será **escoimada** destes e outros defeitos, que lhe descubram os entendidos.

Agosto, 1865
J. de Alencar

Haurida: inspirada.

Acoimado de cediço: criticado como ultrapassado.

Escoimada: limpa, corrigida.

NOTAS DE JOSÉ DE ALENCAR

1 Onde canta a jandaia: diz a tradição que Ceará significa, na língua indígena, "canto da jandaia". Aires de Casal, *Corografia brasílica*, refere essa tradição. O Senador Pompeu, em seu excelente dicionário topográfico, menciona uma opinião, nova para mim, que pretende vir *Siará* da palavra *suia* (caça), em virtude da abundância da caça que se encontrava nas margens do rio. Essa etimologia é forçada. Para designar quantidade, usava a língua tupi da desinência *iba*; a desinência *ára*, junto aos verbos, designa o sujeito que exercita a ação atual; junto aos nomes, o que tem atualmente o objeto; ex.: *Coatiara* (o que pinta), *Juçara* (o que tem espinhos). *Ceará* é nome composto de *cemo* (cantar forte, clamar) e *ára* (pequena arara ou periquito). Essa é a etimologia verdadeira; não só é conforme à tradição, como às regras da língua tupi.

2 Iracema: em guarani significa "lábios de mel", de *ira* (mel) e *tembe* (lábios). *Tembe* na composição altera-se em *ceme*, como na palavra *ceme iba*.

3 Jirau: na jangada, é uma espécie de estrado onde se acomodam os passageiros; às vezes o cobrem com teto de palha. Em geral é qualquer estiva elevada do solo e suspensa em forquilhas.

4 Rugitar: é um verbo de minha composição para o qual peço vênia. Filinto Elísio criou *ruidar*, de "ruído".

5 Graúna: é o pássaro conhecido de cor negra luzidia. Seu nome vem por corrupção de *guira* (pássaro) e *una*, abreviação de *pixuna* (preto).

6 Jati: pequena abelha que fabrica delicioso mel.

7 Ipu: chamam ainda hoje no Ceará certa qualidade de terra muito fértil, que forma grandes coroas ou ilhas no meio dos tabuleiros e sertões, e é de preferência procurada para a cultura. Daí se deriva o nome dessa comarca da província.

8 Tabajara: senhor das aldeias, de *taba* (aldeia) e *jara* (senhor). Essa nação dominava o interior da província, especialmente a serra da Ibiapaba.

9 Oiticica: árvore frondosa, apreciada pela deliciosa frescura que derrama sua sombra.

10 Gará: ave paludal, muito conhecida pelo nome de guará. Penso eu que esse nome anda corrompido de sua verdadeira origem, que é *ig* (água) e *ará* (arara): arara d'água, assim chamada pela bela cor vermelha.

11 Ará: periquito. Os indígenas como aumentativo usavam repetir a última sílaba da palavra e às vezes toda a palavra, como *murémuré*. *Muré* (frauta); *murémuré* (grande frauta). *Arárá* vinha a ser, pois, o aumentativo de *ará*, e significaria a espécie maior do gênero.

12 Uru: cestinha que servia de cofre às selvagens para guardar seus objetos de mais preço e estimação.

13 Crautá: bromélia vulgar, de que se tiram fibras tanto ou mais finas do que as do linho.

14 Juçara: palmeira de grandes espinhos, dos quais servem-se ainda hoje para dividir os fios de renda.

15 Uiraçaba: Aljava, de *uira* (seta) e a desinência *çaba* (coisa própria).

16 Quebrar a flecha: era entre os indígenas a maneira simbólica de estabelecer a paz entre as diversas tribos, ou mesmo entre dois guerreiros inimigos. Desde já advertimos que não se estranhe a maneira por que o estrangeiro se exprime falando com os selvagens; ao seu perfeito conhecimento dos usos e língua dos indígenas, e sobretudo a ter-se conformado com eles ao ponto de deixar os trajes europeus e pintar-se, deveu Martim Soares Moreno a influência que adquiriu entre os índios do Ceará.

17 Ibiapaba: grande serra que se prolonga ao norte da província e a estrema com Piauí. Significa "terra aparada". O Dr. Martius em seu *Glossário* lhe atribui outra etimologia: *iby* (terra) e *pabe* (tudo). A primeira, porém, tem a autoridade de Vieira.

18 Igaçaba: vaso, pote; de *ig* (água) e a desinência *çaba* (coisa própria).

19 Vieste: a saudação usual da hospitalidade era esta: *Ere iobê* (tu vieste?) *Pa-aiotu* (vim, sim). *Auge-be* (bem-dito). Veja-se Lery, pág. 286.

20 Jaguaribe: maior rio da província; tirou o nome da quantidade de onças que povoavam suas margens. *Jaguar* (onça); *iba*, desinência para exprimir cópia, abundância.

21 Pitiguaras: grande nação de índios que habitava o litoral da província e estendia-se desde o Parnaíba até o Rio Grande do Norte. A ortografia do nome anda mui viciada nas diferentes versões, pelo que se tornou difícil conhecer a etimologia. *Iby* significava "terra"; *iby-tira* veio a significar "serra" ou "terra alta". Aos vales chamavam os indígenas *iby-tira-cua* (cintura das montanhas). A desinência *jara* (senhor), acrescentada, formou a palavra *Ibiticuara*, que por corrupção deu *Pitiguara* (senhores dos vales).

22 Martim: da origem latina de seu nome, procedente de Marte, deduz o estrangeiro a significação que lhe dá.

23 Acaracu: o nome do rio vem de *acará* (garça), *co* (buraco, toca, ninho) e *y*, som dúbio entre *i* e *u*, que os portugueses ora exprimiam de um, ora de outro modo, significando "água". "Rio do ninho das garças" é, pois, a tradução de Acaracu.

24 Mau espírito da floresta: os indígenas chamavam a esses espíritos *caa-pora*, habitantes da mata, donde por corrupção veio a palavra caipora, introduzida na língua portuguesa em sentido figurado.

25 As mais belas mulheres: este costume da hospitalidade americana é atestado pelos cronistas. A ele se atribui o belo rasgo de virtude de Anchieta que, para fortalecer a sua castidade, compunha nas praias de Iperoig o poema da *Virgindade de Maria*, cujos versos escrevia nas areias úmidas, para melhor os polir.

26 Jurema: árvore meã, de folhagem espessa; dá um fruto excessivamente amargo, de cheiro acre, do qual, juntamente com as folhas e outros ingredientes, preparavam os selvagens uma bebida, que tinha o efeito do haxixe, de produzir sonhos tão vivos e intensos, que a pessoa sentia com delícias e como se fossem realidade as alucinações agradáveis da fantasia excitada pelo narcótico. A fabricação desse licor era um segredo, explorado pelos pajés, em proveito de sua influência. Jurema é composto de *ju* (espinho) e *rema* (cheiro desagradável).

27 Irapuã: de *ira* (mel) e *apuam* (redondo); é o nome dado a uma abelha virulenta e brava, por causa da forma redonda de sua colmeia. Por corrupção reduziu-se esse nome atualmente a *arapuá*. O guerreiro de que se trata aqui é o célebre Mel-Redondo, assim chamado pelos cronistas do tempo, que traduziam seu nome ao pé da letra. Mel-Redondo, chefe dos tabajaras da serra da Ibiapaba, foi encarniçado inimigo dos portugueses e amigo dos franceses.

28 Estrela morta: a estrela polar, por causa da sua imobilidade; orientavam-se por ela os selvagens durante a noite.

29 Boicininga: é a cascavel; de *boia* (cobra) e *cininga* (chocalho).

30 Oitibó: é uma ave noturna, espécie de coruja. Outros dizem *noitibó*.

31 Espíritos das trevas: a esses espíritos chamavam os selvagens curupira (meninos maus); de *curumim* (menino) e *pira* (mau).

32 Boré: frauta de bambu, o mesmo que *muré*.

33 Ocara: praça circular que ficava no centro da taba, cercada pela estacada, e para a qual abriam todas as casas. Composto de *oca* (casa) e a desinência *ara* (que tem), aquilo que tem a casa, ou onde a casa está.

34 Potiguara: comedor de camarão; de *poty* e *uara*. Nome que por desprezo davam os inimigos aos pitiguaras, que habitavam as praias e viviam em grande parte de pesca. Este nome dão alguns escritores aos pitiguaras, porque o receberam de seus inimigos.

35 Pocema: grande alarido que faziam os selvagens nas ocasiões da alegria; é palavra adotada já na língua portuguesa e inserida no dicionário de Morais. Vem de *po* (mão) e *cemo* (clamar): clamor das mãos, porque os selvagens acompanhavam o vozear com o bater das palmas e das armas.

36 Andira: morcego; é em alusão a seu nome que Irapuã dirige logo palavras de desprezo ao velho guerreiro.

37 Aracati: significa este nome "bom tempo", de *ara* e *catu*. Os selvagens do sertão assim chamavam as brisas do mar que sopram regularmente ao cair da tarde e, correndo pelo vale do Jaguaribe, se derramam pelo interior e refrigeram da calma abrasadora do verão. Daí resultou chamar-se Aracati o lugar de onde vinha a monção. Ainda hoje no Icó o nome é conservado à brisa da tarde, que sopra do mar.

38 Aflar: a respeito desta palavra lia-se na primeira edição desta obra a nota seguinte: "Sobre este verbo que introduzi na língua portuguesa, do latim *afflo*, já escrevi o que entendi em nota de uma segunda edição da *Diva*, que brevemente há de vir à luz". Completo equívoco de minha parte; pois o verbo foi usado por Mousinho e o Padre Bernardes. *(Diva* é o nome de um romance de Alencar, publicado em 1864, um ano antes de Iracema. Mousinho e Padre Bernardes são dois escritores. *N. do E.)*

39 Anhanga: davam os indígenas este nome ao espírito do mal; compõe-se de *anho* (só) e *anga* (alma). Espírito só, privado de corpo, fantasma.

40 Camucim: vaso onde encerravam os indígenas os corpos dos mortos e que lhes servia de túmulo; outros dizem camotim, e talvez com melhor ortografia, porque, se não me engano, o nome é corrupção da frase *co* (buraco), *ambira* (defunto) e *anhotim* (enterrar); buraco para enterrar o defunto: *c'am'otim*. O nome dava-se também a qualquer pote.

41 Andiroba: árvore que dá um azeite amargo.

42 Cabelos do sol: em tupi, *guaraciaba*. Assim chamavam os indígenas aos europeus que tinham os cabelos louros.

43 Capoeira: corruptela de *caa-apuam-era*, que significa "ilha de mato já cortado uma vez".

44 Moquém: do verbo *mocáem*, "assar na labareda". Era a maneira por que os indígenas conservavam a caça para não apodrecer, quando a levavam em viagem. Nas cabanas a tinham no fumeiro.

45 Senhor do caminho: assim designavam os indígenas ao guia; de *py* (caminho) e *guara* (senhor).

46 O dia vai ficar triste: os tupis chamavam a tarde *caruca*, segundo o dicionário. Segundo Lery, *che caruc acy* significa "estou triste". Qual destes era o sentido figurado da palavra? Tiraram a imagem da tristeza, da sombra da tarde, ou a imagem do crepúsculo, do torvamento do espírito?

47 Jurupari: demônio; de *juru* (boca) e *apara* (torto, aleijado). O boca-torta.

48 Ubaia: fruta conhecida da espécie eugênia. Significa "fruta saudável": de *uba* (fruta) e *aia* (saudável).

49 Jandaia: esse nome, que anda escrito por diversas maneiras, *nhendaia*, *nhandaia*, e em todas alterado, é apenas um adjetivo qualificativo do substantivo *ará*. Deriva-se ele das palavras *nheng* (falar), *antan* (duro, forte, áspero) e *ara*, desinência verbal que exprime o agente: *nh ant'ara*; substituído o *t* por *d* e o *r* por *i*, tornou-se *nhandaia*, donde *jandaia*, que se traduzirá por "periquito grasnador". Do canto dessa ave, como se viu, é que vem o nome de *Ceará*, segundo a etimologia que lhe dá a tradição.

50 Inhuma: ave noturna palamédea. A espécie de que se fala aqui é a *Palamedea chavaria*, que canta regularmente à meia-noite. A ortografia melhor creio ser *anhuma*, talvez de *anho* (só) e *anum* (ave agoureira conhecida). Significaria então "anum solitário", assim chamado pela tal ou qual semelhança do grito desagradável.

51 Inúbia: trombeta de guerra. Os indígenas, segundo Lery, as tinham tão grandes que mediam muitos palmos no diâmetro da abertura.

52 Guará: cão selvagem, lobo brasileiro. Provém essa palavra do verbo *u* (comer), do qual se forma com o relativo *g* e a desinência *ara* o verbal *g-u-ára* (comedor). A sílaba final longa é a partícula propositiva *á*, que serve para dar força à palavra. *G-u-ára-á*, "realmente comedor", "voraz".

53 Jiboia: cobra conhecida; de *gi* (machado) e *boia* (cobra). O nome foi tirado da maneira por que a serpente lança o bote, semelhante ao golpe do machado; pode traduzir-se bem: "cobra de arremesso".

54 Sucuri: a serpente gigante que habita nos grandes rios e engole um boi. De *suu* (animal) e *cury* ou *curu* (roncador). Animal roncador, porque de feito o ronco da sucuri é medonho.

55 Se é que tens sangue e não mel: alusão que faz o velho Andira ao nome de Irapuã, o qual, como se disse, significa mel redondo.

56 Ouve seu trovão: todo esse episódio do rugido da terra é uma astúcia, como usavam os pajés e os sacerdotes dessa nação selvagem para fascinar a imaginação do povo. A cabana estava assentada sobre um rochedo, onde havia uma galeria subterrânea que comunicava com a várzea por estreita abertura; Araquém tivera o cuidado de tapar com grandes pedras as duas aberturas, para ocultar a gruta dos guerreiros. Nessa ocasião a fenda inferior estava aberta, e o Pajé o sabia; abrindo a fenda superior, o ar encanou-se pelo antro espiral com estridor medonho, e de que pode dar uma ideia o sussurro dos caramujos. O fato é, pois, natural; a aparência, sim, é maravilhosa.

57 Maracá: pendão de guerra; de *marã* (combate) e *aca* (chifre, ponta). O maracá servia de estandarte aos tupis.

58 Abati n'água: *abati* é o nome tupi do arroz; Iracema serve-se da imagem do arroz, que só viça no alagado, para exprimir sua alegria.

59 Ubiratã: pau-ferro; de *ubira* (pau) e *antan* (duro).

60 Maracajá: gato selvagem, de pele mosqueada.

61 Caititus: porco-do-mato, espécie de javali brasileiro. De *caeté* (mato grande e virgem) e *suu* (caça), mudado o *s* em *t* na composição pela eufonia da língua. "Caça do mato virgem."

62 Jaguar: vimos que *guará* significa "voraz". *Jaguar* tem inquestionavelmente a mesma etimologia; é o verbal *guara* e o pronome *já* (nós). *Jaguar* era, pois, para os indígenas, todos os animais que os devoravam. *Jaguareté*, "o grande devorador".

63 Anajê: gavião.

64 Acauã: ave inimiga das cobras; de *caa* (pau) e *uan*, do verbo *u* (comer). Diz Aires de Casal que lhe vem o nome do grito que solta.

65 Saí: lindo pássaro, do qual há várias espécies, sendo a mais graciosa a do *saixê*, tanto pela plumagem como pelo canto.

66 À cintura da virgem: os indígenas chamavam a amante possuída *aguaçaba*; de *aba* (homem), *cua* (cintura) e *çaba* (coisa própria); "a mulher que o homem cinge ou traz à cintura". Fica, pois, claro o pensamento de Iracema.

67 Carioba: camisa de algodão; de *cary* (branco) e *oba* (roupa). Tinha também a *araçoia*, de *arara* e *aba*, "vestido de penas de arara".

68 Jaci: a lua. Do pronome *já* (nós) e *cy* (mãe). A lua exprimia o mês para os selvagens; e seu nascimento era sempre por eles festejado.

69 Fogos da alegria: chamavam os selvagens *tory* (os fachos ou fogos); e *toryba*, "alegria, festa, grande cópia de fachos".

70 Bucã: significa uma espécie de grelha que os selvagens faziam para assar a caça; daí vem o verbo francês *boucaner*. A palavra provém da língua tupi ou guarani.

71 Abaeté: varão abalizado; de *aba* (homem) e *etê* (forte, egrégio).

72 Jacaúna: jacarandá preto; de *jaca* (abreviação de jacarandá), e *una* (preto). Esse Jacaúna é o célebre chefe, amigo de Martim Soares Moreno.

73 Cuandu: porco-espinho.

74 Seu colar de guerra: o colar que os selvagens faziam dos dentes dos inimigos vencidos, era um brasão e troféu de valentia.

75 Japi: significa "nosso pé"; do pronome *já* (nós) e *py* (pé).

76 Ibiapina: de *iby* (terra) e *apino* (tosquiar).

77 Jatobá: grande árvore real. O lugar da cena é o sítio da hoje Vila Viçosa, onde diz a tradição ter nascido Camarão.

78 Meruoca: de *meru* (mosca) e *oca* (casa). Serra junto de Sobral, fértil em mantimentos.

79 Uruburetama: pátria ou ninho de urubus; serra bastante alta.

80 Mundaú: rio muito tortuoso, que nasce na serra de Uruburetama. *Mundé* (cilada) e *hu* (rio).

81 Potengi: rio que rega a cidade do Natal, donde era filho Soares Moreno.

82 As saborosas traíras: é o rio Trairi, trinta léguas ao norte da capital. De *traíra* (peixe) e *y* (rio). Hoje é povoação e distrito de paz.

83 Piroquara: de *pira* (peixe) e *coara* (toca).

84 Soipé: país da caça. De *soo* (caça) e *ipé* (lugar onde). Diz-se hoje *Suipé*, rio e povoação

pertencente à freguesia e termo da fortaleza, situada à margem dos alagados chamados Jaguaruçu, na embocadura do rio.

85 Cauípe: de *cauim* (vinho de caju) e *ipe* (lugar onde).

86 Rio que forma um braço do mar: é o Parnaíba, rio de Piauí. Vem de *pará* (mar), *nhanhe* (correr) e *hyba* (braço): "braço corrente do mar". Geralmente se diz que *pará* significa "rio" e *paraná* "mar"; é inteiramente o contrário.

87 Mocoripe: morro de areia na enseada do mesmo nome, a uma légua da Fortaleza. Vem de *Corib* (alegrar) e *mo*, partícula ou abreviatura do verbo *monhang* (fazer), que se junta aos verbos neutros e mesmo ativos para dar-lhes significação passiva; ex.: *caneon* (afligir-se), *mocaneon* (fazer alguém aflito).

88 Brancos tapuias: em tupi, *tapuitinga*. Nome que os pitiguaras davam aos franceses para diferençá-los dos tupinambás. *Tapuia* significa "bárbaro", "inimigo". De *taba* (aldeia) e *puir* (fugir): "os fugidos da aldeia".

89 Mairi: cidade. Talvez provenha o nome de *mair* (estrangeiro) e fosse aplicado aos povoados dos brancos em oposição às tabas dos índios.

90 Batuireté: narceja ilustre; de *batuira* e *eté*. Apelido que tomara o chefe pitiguara, e que na linguagem figurada valia tanto como "valente nadador". É o nome de uma serra fertilíssima e da comarca que ela ocupa.

91 *S*uas estrelas eram muitas: contavam os indígenas os anos pelo nascimento das plêiades no Oriente; e também costumavam guardar uma castanha de cada estação de caju, para marcar a idade.

92 Jatobá: árvore frondosa, talvez de *jetahy*, *oba* (folha) e *a*, aumentativo; jetaí de grande copa. É o nome de um rio e de uma serra em Santa Quitéria.

93 Quixeramobim: segundo o Dr. Martius traduz-se por essa exclamação de saudade. Compõe-se de *Qui* (ah!), *xere* (meus) e *amôbinhê* (outros tempos).

94 Caminho das garças: em tupi, *Acarape*, povoação na freguesia de Batuireté a nove léguas da capital.

95 Maranguab: a Serra de Maranguape, distante cinco léguas da capital, e notável pela sua fertilidade e formosura. O nome indígena compõe-se de *maran* (guerrear) e *couab* (sabedor); *maran* talvez seja abreviação de *maramonhang* (fazer guerra), se não é, como eu penso, o substantivo simples "guerra", de que se fez o verbo composto. O Dr. Martius traz etimologia diversa. *Mara* (árvore), *angai* (de nenhuma maneira) e *guabe* (comer). Essa etimologia nem me parece própria do objeto, que é uma serra, nem conforme com os preceitos da língua.

96 Pirapora: rio de Maranguape, notável pela frescura de suas águas e excelência dos banhos chamados de Pirapora, no lugar das cachoeiras. Provém o nome de *Pira* (peixe) e *pore* (salto): "salto do peixe".

97 O gavião branco: Batuireté chama assim o guerreiro branco, ao passo que trata o neto por narceja; ele profetiza nesse paralelo a destruição de sua raça pela raça branca.

98 Porangaba: significa "beleza". É uma lagoa distante da cidade uma légua em sítio aprazível. Hoje a chamam Arronches; em suas margens está a decadente povoação do mesmo nome.

99 Jereraú: rio das marrecas; de *jerere* ou *irerê* (marreca) e *hu* (água). Esse lugar ainda hoje é notável pela excelência da fruta, com especialidade as belas laranjas conhecidas por *laranjas de Jereraú*.

100 Sapiranga: lagoa no Sítio Alagadiço Novo, a cerca de duas léguas da capital. O nome indígena significa "olhos vermelhos"; de *ceça* (olhos) e *piranga* (vermelhos). Esse mesmo nome dão usualmente no Norte a certa oftalmia.

101 Muritiapuá: de *muriti*, nome da palmeira mais vulgarmente conhecida por "buriti", e apuã (ilha). Lugarejo no mesmo sítio referido.

102 Aratanha: de *arara* (ave) e *tanha* (bico). Serra mui fértil e cultivada, em continuação da de Maranguape.

103 Guaiúba: de *goaia* (vale), *y* (água), *jur* (vir) e *be* (por onde): "por onde vêm as águas do vale". Rio que nasce na serra da Aratanha e corta a povoação do mesmo nome a seis léguas da capital.

104 Pacatuba: de *paca* e *tuba*, "leito ou couto das pacas". Recente, mas importante povoação, em um belo vale da serra da Aratanha.

105 Âmbar: as praias do Ceará eram nesse tempo muito abundantes de âmbar que o mar arrojava. Chamavam-lhe os indígenas *pira repoti* (esterco de peixe).

106 Coatiabo: a história menciona esse fato de Martim Soares Moreno se ter coatiado quando vivia entre os selvagens do Ceará. *Coatiá* significa "pintar". A desinência *abo* significa o objeto que sofreu a ação do verbo, e sem dúvida provém de *aba* (gente, criatura).

107 Colibri: desse letargo do colibri no inverno fala Simão de Vasconcelos.

108 Carbeto: espécie de serão que faziam os índios à noite em uma cabana maior, onde todos se reuniam para conversar. Leia-se Yves d'Evreux, *Viagem ao Norte do Brasil*.

109 Mecejana: lagoa e povoação a duas léguas da capital. O verbo *cejar* significa "abandonar"; a desinência *ana* indica a pessoa que exercita a ação do verbo. *Cejana* significa "o que abandona". Junta à partícula *mo* do verbo *monhang* — fazer, vem a palavra a significar "o que fez abandonar" ou "que foi lugar e ocasião de abandonar". A opinião geral é que o nome deste povoado provém de Portugal, como Soure e Arronches. Nesse caso devia escrever-se *Mesejana*, do árabe *masjana*. Ora, nos mais antigos documentos encontra-se *Mecejana*, com *c*, o que indicaria uma alteração pouco natural, quando o Ceará foi exclusivamente povoado por portugueses, os quais conservaram, em sua pureza, todos os outros nomes de origem lusitana.

110 Monguba: árvore que dá um fruto cheio de cotão, semelhante ao da sumaúna, com a diferença de ser escuro. Daí veio o nome de uma parte da serra de Maranguape.

111 Imbu: fruta da serra do Araripe que não tem no litoral. É saborosa e semelhante ao cajá.

112 Jacarecanga: morro de areia na praia do Ceará, afamado pela fonte de água fresca puríssima. Vem o nome de *jacaré* (crocodilo) e *acanga* (cabeça).

113 Japim: pássaro cor de ouro com encontros pretos e conhecido vulgarmente pelo nome de *sofrê*.

114 Folha escura: a murta, que os indígenas chamavam *capixuna*, de *caa* (rama, folhagem) e *pixuna* (escuro). Daí vem a figura de que usa Iracema para exprimir a tristeza que ela produz no esposo.

115 Tupinambás: nação formidável, ramo primitivo da grande raça tupi. Depois de uma resistência heroica, não podendo expulsar os portugueses da Bahia, emigraram até o Maranhão, onde fizeram aliança com os franceses, que já então infestavam aquelas paragens. O nome que eles se davam significa "gente parente dos tupis", de *tupi*, *anama* e *aba*.

116 Enseada dos papagaios: é a baía da Jericoacoara; de *jeru* (papagaio), *cua* (várzea) e *coara* (buraco ou seio): "enseada da várzea dos papagaios". É um dos bons portos do Ceará.

117 Maracatim: grande barco que levava na proa — *tim* — um *maracá*. Aos barcos menores ou canoas chamavam *igara*, de *ig* (água) e *jara* (senhor; senhora d'água).

118 Caiçara: de *cai* (pau queimado) e a desinência *çara*, coisa que tem, ou se faz: "o que se faz de pau queimado". Era uma forte estacada de pau a pique.

119 Moacir: filho do sofrimento; de *moacy* (dor) e *ira*, desinência que significa "saído de".

120 Chupou tua alma: criança em tupi é *pitanga*; de *piter* (chupar) e *anga* (alma): "chupa alma". Seria porque as crianças atraem e deleitam aos que as veem? Ou porque absorvem uma porção d'alma dos pais? Caubi fala nesse último sentido.

121 Carimã: uma conhecida preparação de mandioca. De *caric* (correr) e *mani* (mandioca): "mandioca escorrida".

122 Tauape: lugar do barro amarelo, de *tauá* e *ipé*. Fica no caminho de Maranguape.

123 Piau: peixe que deu o nome ao rio Piauí.

124 Velha taba: tradução de *Tapui-tapera*. Assim chamava-se um dos estabelecimentos dos tupinambás no Maranhão.

125 Itaoca: casa de pedra, fortaleza.

126 Manacá: linda flor. Veja-se o que diz a respeito o Sr. Gonçalves Dias em seu dicionário.

127 Cupim: inseto conhecido. O nome compõe-se de *co* (buraco) e *pim* (ferrão).

128 Albuquerque: Jerônimo de Albuquerque, chefe da expedição ao Maranhão em 1612.

IRACEMA, LENDA DO CEARÁ

Comentários sobre a obra

Iracema é a mais bela realização literária do nacionalismo romântico do século XIX. O objetivo de Alencar era recriar literariamente um momento da história nacional, mas ele foi mais longe e acabou por transformar esse episódio num poema em prosa atemporal. Embalado pela linguagem trabalhada em termos de ritmo e imagens, o leitor é envolvido pela trama e passa a acompanhar com interesse a história de Iracema, que é um intenso drama amoroso, e é a força de seu amor que conduz a narrativa e provoca os momentos mais tensos da obra.

Sempre preocupado com a criação de uma língua literária brasileira, Alencar estudou o idioma indígena e procurou explorar suas riquezas. Como ele mesmo escreveu: "O conhecimento da língua indígena é o melhor critério para a nacionalidade da literatura. Ele nos dá não só o verdadeiro estilo, como as imagens poéticas dos selvagens, os modos de seu pensamento, as tendências de seu espírito, e até as menores particularidades de sua vida. É nessa fonte que deve beber o poeta brasileiro, é dela que há de sair o verdadeiro poema nacional, tal como eu o imagino."

A dramaticidade da história, o destino infeliz da bela Iracema, a linguagem poética do autor — tudo isso contribuiu para fazer do livro um dos mais famosos de nossa literatura.

Na época de seu lançamento, Machado de Assis assim se manifestou sobre a obra: "Há de viver este livro, tem em si as forças que resistem ao tempo e dão plena fiança do futuro. Que o autor de *Iracema* não esmoreça, mesmo a despeito da indiferença pública; o Brasil tem o direito de pedir-lhe que *Iracema* não seja o ponto final. Espera-se dele outros poemas em prosa. Poema lhe chamamos a este, sem curar de saber se é antes uma lenda, se um romance: o futuro chamar-lhe-á obra-prima".

Ao lado, duas telas baseadas na história de Iracema, especificamente no cap. 26 (p. 82): a da direita é de Antônio Diogo da Silva Parreiras (1909). A da esquerda foi pintada por José Maria de Medeiros. Essas obras ilustram a seguinte passagem: "Seus olhos viram a seta do esposo fincada no chão, o goiamum trespassado, o ramo partido, e encheram-se de pranto. — Ele manda que Iracema ande para trás, como o goiamum, e guarde sua lembrança, como o maracujá guarda sua flor todo tempo até morrer".

NO CEARÁ, EXISTEM VÁRIAS ESTÁTUAS EM HOMENAGEM À IRACEMA.

CONVERSANDO SOBRE A OBRA

1. Explicar a circunstância que torna ainda mais digna de nota a boa acolhida que Martim recebeu de Araquém.

2. Explicar por que o amor de Martim era absolutamente proibido para Iracema.

3. Dividida entre os deveres tribais e o sentimento amoroso, que decisão toma Iracema?

4. No capítulo 17, Iracema diz a Martim: "Iracema te acompanhará, guerreiro branco, porque ela já é tua esposa". O que fez com que ela dissesse isso? E por que Martim se surpreende ao ouvir tal declaração?

5. Por que Irapuã é um feroz inimigo de Martim?

6. Explicar quem é Poti e o que ele representa para Martim.

7. Explicar a causa da tristeza que, aos poucos, vai tomando conta de Iracema.

8. Em que circunstâncias nasce Moacir? E por que Iracema lhe deu esse nome?

9. Considerando o argumento histórico apresentado no final do livro, explicar em que aspectos Alencar se manteve fiel aos fatos registrados pelos cronistas.

10. Considerando o comportamento de Iracema ao longo da história, explicar por que ela pode ser vista como uma heroína tipicamente romântica.

11. Apontar alguns traços típicos da cultura indígena descritos por Alencar.

12. Machado de Assis chamou *Iracema* de "poema em prosa". Pesquisar num dicionário de termos literários o conceito de poema em prosa e discutir se ele pode ser aplicado a *Iracema*.